괴테, 토마스 만 그리고 이청준

석학人文강좌 55

괴테, 토마스 만 그리고 이청준

초판 1쇄 인쇄 2014년 10월 25일
초판 1쇄 발행 2014년 10월 30일
지은이 안삼환
펴낸이 이방원
편 집 강윤경 · 김명희 · 안효희 · 조환열
디자인 박선옥 · 손경화
마케팅 최성수
펴낸곳 세창출판사
출판신고 1990년 10월 8일 제300-1990-63호
주소 120-050 서울시 서대문구 경기대로 88 냉천빌딩 4층
전화 723-8660
팩스 720-4579
이메일 sc1992@empal.com
홈페이지 http://www.sechangpub.co.kr

ISBN 978-89-8411-494-4 04850
978-89-8411-350-3(세트)

_ 책 값은 뒤표지에 있습니다.

이 도서의 국립중앙도서관 출판시도서목록(CIP)은 서지정보유통지원시스템 홈페이지(http://seoji.nl.go.kr)와 국가자료공동목록시스템(http://www.nl.go.kr/kolisnet)에서 이용하실 수 있습니다. (CIP제어번호: CIP2014029061)

괴테, 토마스 만 그리고 이청준

안삼환 지음

세창출판사

_ 머리말

한국연구재단에서 인문학의 대중화를 위해 기획한 '석학과 함께 하는 인문강좌'라는 특별행사가 여러 해째 이어지고 있다. 그 일환으로 필자는 2013년 7월에 서울역사박물관에서 『여섯 번의 특강으로 살펴보는 독일문학, 그리고 우리』라는 제목으로 4회에 걸친 연속 강좌를 맡게 되었다. 이 책은 그 원고를 일부 수정하고 또 조금씩 보충한 결과물이다.

애초에 강좌의 주제를 괴테와 토마스 만에 국한하게 된 것은 독문학의 진수가 이 두 시인의 문학이기 때문이 아니라, 나의 지식과 탐구가 모자라서 이 두 시인 이외의 다른 대가들에까지 미처 손을 댈 엄두를 내지 못했기 때문이다.

또한, "여섯 번의 특강으로 살펴보는 독일문학"이란 제목 뒤에 "그리고 우리"라는 말을 붙인 이유는 이 강의들이 모두 "우리 한국인들"과 무슨 관련성이 있다는 확실한 대전제를 두었기 때문은 아니었다. 그럼에도 불구하고, "그리고 우리"란 말을 굳이 덧붙였던 것은 이런 고찰들이 "우리 한국인"의 과거, 현재, 미래의 삶과 과연 어떤 연관성을 지니는가 하고 끊임없이 자문해 가면서 이 강연을 진행해 나가겠다는 나의 기본자세를 밝힌 것이었다. 이제 책 제목까지 그렇게 내걸기에는 다소 과장되는 듯해서 “우리” 대신에 “이청준”을 덧붙였다. 괴테와 토마스 만에 관한 글에 비해서 이청준에 관한 내용이 소략해서, 이것 또한 온전한 제목이 될 수 있을 것인지 걱정이 앞선다.

지난 50여 년 동안 독문학을 공부하고 대학 강단에서 가르치고 이것저것 글로 써 왔건만, 언제나 결국 부딪히게 되는 것은 외국문학도로서의 한계성이었다. 그럼에도 불구하고, 연구재단에서 청탁이 왔을 때 감히 응한 것은 자기관찰의 엄혹한 시선 앞에서는 언제나 한줌 부끄러움일 수밖에 없는 이 비극적 외국문학도의 운명을 때늦은 열성으로써 잠시나마 극복할 수 있는 행복한 순간이 있지 않을까 하는 희미한 희망 때문이었다.

설익은 지식의 축적을 보여주려 하기보다는 확실히 이해한 내용만을 쉽고 가까운 것으로 풀이해 보이고자 노력했다.

가로늦게 책이라고 한 권 내어놓는다는 것이 또 이렇게 보잘것없는 글이니, 인문학자로서 참으로 염치없고 부끄럽다. 엎드려 강호제현의 질정을 기다릴 뿐이다.

2014년 9월
도동(道東) 안삼환

차례

제 1 부

괴테

I.『젊은 베르터의 고뇌』
―'질풍노도'의 문학과 청년 괴테

1. 작품 제목의 번역 문제

우선『젊은 베르터의 고뇌』라는 작품 제목에 관해서 조금 언급해 둘 것이 있다.

주지하다시피 일제의 식민지배는 오늘날의 한국어에 큰 상흔을 남겼다. 이를테면, "Deutschland"의 일역어 '도이츠'(獨逸)는 현대 한국어에서 '독일'로 남아 있으며, 'Romantik'의 일역어 '로만슈기'(浪漫主義)는 현대 한국어에서 '낭만주의'로 남아 있다. 이것이 '상흔'으로 생각되는 이유는 일어에서는 가까운 음역(音譯)이 되지만, 우리말에서는 엉뚱한 음역이 되기 때문이다. "Die Leiden des jungen Werther"라는 괴테의 작품 제목도 일본어 번역의 관례를 따라『젊은 베르테르의 슬픔』이라고 번역되는 것이 지금까지의 관행이다. 베르터(Werther)를 '베르테르'라고 하는 것은 일본어 자모의 특성에서 유래한 발음상의 어려움 때문이므로, 현대 한국어에서는 당연히 '베르터'로 읽고 써야 한다. 문제는 'Leiden'의 번역이 과연 '슬픔'이냐 하는 것인데, 이것은 당시 일본인들이 이 소설을 단순한 연애

소설로 축소 해석한 결과를 반영하고 있다. 이 작품이 비극적 연애 사건을 다룬 애정소설이라는 점은 명백하지만, 실은 참정권이 없던 당시 독일시민계급의 좌절감과 분노도 함께 표현되어 있다는 점을 아울러 감안한다면, 그리고 독일어 'Leiden'이 단순한 '슬픔'뿐만 아니라 '괴로움', '고뇌', '수난' 등을 의미한다는 사실을 고려한다면, 『젊은 베르터의 슬픔』이란 제목 번역은 오역까지는 아니라 하더라도 '조금 아쉬운 번역'이 된다.

물론, 이 번역이 이미 굳어져서 식자들의 관행으로 보편화되었으니, 『젊은 베르터의 슬픔』이란 제목을 그대로 두었으면 좋겠다는 견해가 있을 수 있겠다. 비슷한 예로서, 이 작품을 탄생시킨 문학사조 'Sturm und Drang'을 가리켜 일본인들은 '질풍노도'(疾風怒濤)로 번역했는데, 이것을 꼭 원어의 의미를 더 살려 '폭풍과 충동'이라고까지 고쳐나갈 필요가 있을지는 좀 더 토론을 거쳐야 할 문제일 것 같다. 하지만 한국독문학이란 학문이 1945년 이래 독자적 길을 걸어온 지도 이미 70년 가까운 세월이 흐른 이상, 작품 해석의 문제와 직결되는 까닭에, '고뇌'를 '슬픔'으로 축소해석하고 있는 이 번역을 그대로 답습할 수 없다는 것이 필자의 생각이며, 2012년 창비에서 나온 임홍배 교수의 번역 제목이 『젊은 베르터의 슬픔』이 아니라 『젊은 베르터의 고뇌』인 것은 한국독문학이 이런 의미에서 일보 발전한 결과라 볼 만하다.

2. '질풍노도'의 문학

『젊은 베르터의 고뇌』(1774)는 요한 볼프강 폰 괴테(Johann Wolfgang von Goethe, 1749-1832)의 젊은 날의 작품으로서 '질풍노도의 문학'을 이끈 대표적 작품이다. 그렇다면, 일단 '빠른 바람'과 '성난 파도', 또는 '폭풍과 충동'의 문학이란 과연 어떤 문학이었던가를 잠깐 살펴보는 것이 좋을 것 같다.

이 문학사조는 1740년경부터 1785년경까지 45년 동안 지속된 독일 '계몽주의'(Aufklärung)란 큰 사조의 말미에 끼어 있는데, 대개 헤르더의 책 『최근 독일문학에 관한 서한』(1767)이 나온 해부터 쉴러의 희곡 『도적들』(1785)이 나온 해까지 이르는 약 18년 동안 간헐적으로 나타났던 힘찬 문학운동으로서, 이 문학은 태생적으로 독일 계몽주의란 철학적 기반 위에서 태어났으면서도 계몽주의 문학의 경직된 형식과 당대 사회의 여러 인습과 질곡으로부터 벗어나고자 몸부림쳤던 일련의 독일시민계급 출신의 청년들에 의해 주도되었다.

이 운동은 대국적으로 볼 때에는 프랑스의 계몽사상가들, 그중에서도 특히 "자연으로 돌아가라!"를 외친 장 자크 루소의 자연법 사상에 뿌리를 두고 있지만, 독일 국내에서 '질풍노도'의 담론을 처음 일으킨 사람은 헤르더(Johann Gottfried Herder)였다. 그는 그 당시까지 독일에서 문학적 전범(典範)으로 간주되어 오던 코르네유, 라신 등 프랑스 작가들의 희곡 작품들보다는 영국의 셰익스피어에 주목할 필요가 있다는 점을 역설하였으며, 문학에서 중요한 것은 형식을 외우고 모방하는 것이 아니라 민요, 전설 등에 담겨 있는 자연스러운 민중 감정을 현재의 삶에서도 가슴으로 느끼고 체험하는 것임을 강조하였다. 1770년 여행 중 눈병이 나서 잠시 슈트라스부르크에 머물게 된 헤르더가 당시 슈트라스부르크대학에서 법학 공부를 하던 다섯 살 연하의 청년 괴테를 만나 자신의 이와 같은 문학적 견해를 털어놓은 것은 괴테의 초기 서정시와 앞으로 쓰이게 될 편지소설 『젊은 베르터의 고뇌』에도 큰 영향을 끼치게 된다.

이제 우리의 시선을 이 소설의 작자 괴테에게로 돌려 보기로 하자.

괴테는 1749년 프랑크푸르트에서 태어났다. 즉, 괴테는 프랑스혁명(1789)이 일어나기 40년 전, 그러니까 18세기 중엽 독일의 절대주의 군주사회에서 태어났지만, 군주와 귀족의 지배로부터 자유로운 황제 직속의 자유시 프랑크푸르트 출신이다. 즉, 괴테는 군주나 귀족이 다스리지 않고 부유한 시민들이 자치를 하는 자유시 프랑크푸르트에서, 그의 외조부가 시장을 지낸 바 있는 부와 명망을 두루 갖춘 이른바 도시귀족(Patrizier)이라고 일컬어지는 가정에서 태어난 것이다. 다시 말하자면, 괴테의 태생은 시민계급이었지만, 프랑크푸르트에서만은 실은 귀족이나 거의 다름이 없는 상류층이었다는 말이 된다.

이와 같이 이중적 신분을 타고난 청년 괴테는, 아들을 법학도로 키워 장차 독일 상류사회의 일원으로 편입시키려는 아버지의 소망에 따라, 슈트라스부르크대학에서 법학을 공부하고 있기는 하였으나, 당시 그는 법학 공부보다는 슈트라스부르크 근교 제젠하임의 아름다운 자연을 배경으로 천사처럼 홀연히 나타난 목사의 딸 프리데리케 브리온에 마음을 빼앗겨 후일 「제젠하임의 노래들」로 문학사에 길이 남게 되는 아름다운 서정시들을 쓰고 있었던 것이다.

아, 조그만 천사여! 내 얼마나 그대가 보고 싶은지!
꿈에라도, 다만 꿈에라도 좋으니
내게 나타나다오!
내 비록 괴로움에 시달리며
그대를 두고 유령들하고 싸우고 있어도,
꿈에서 깨어나며 숨을 몰아쉬고 있어도,
아, 내 얼마나 그대가 보고 싶은지!
아, 흉한 꿈속에서조차
한없이 소중한 사람이여![01]

프리데리케 브리온을 향해 뜨거운 가슴을 불태우고 있던 이 자유분방한 청년문학도가 여행 중이던 문학이론가 헤르더를 만났으니, '자연'(Natur), '자유'(Freiheit), '감정'(Gefühl)이란 '질풍노도의 문학'의 세

01 Johann Wolfgang von Goethe: Werke, Hamburger Ausgabe hrsg. v. Erich Trunz, 10., neubearbeitete Aufl., München 1981 (im folgenden abgekürzt als "H. A."), Bd. 1, S. 31f. (Sesenheimer Lieder).

표어들이 장차 괴테라는 '천재'의 붓끝에서 생생한 형상을 얻게 될 것이었다.

하지만 장차 크게 될 야심을 품은 청년 괴테에게 시골 교회 목사의 딸 프리데리케는 짧은 열애의 대상일 수는 있었지만 일생의 반려자가 될 수는 없었다. 마침 법학 공부를 마친 괴테는 프리데리케와 슈트라스부르크를 떠나 프랑크푸르트로 돌아가는데, 곧 이어서 괴테는 야심가였던 아버지의 권유와 소망에 따라 당시 신성로마제국 재판소가 있던 베츨라로 가서 법률가 시보(試補) 수업을 받게 된다.

3. 자연과 자연법

베츨라에서도 괴테는 고리타분한 법률가들의 법리와 인습의 세계에는 별로 관심을 두지 않고 도시 주위의 아름다운 자연 경관에 취해 여기 저기 돌아다니며 그림을 그리거나 농부 아낙들과 시골 아이들을 가까이하며 자유분방한 생활을 하던 중, 어느 무도회를 계기로 청순한 처녀 로테를 알게 되어 열렬한 사랑에 빠진다.

그러나 괴테는 로테가 이미 약혼자가 있음을 알게 되자 로테에 대한 자신의 이 애정이 이루어질 수 없는 관계임을 잘 인식하고 젊은 자신에게 또다시 들이닥친 위기를 이성적으로 잘 극복한 다음, 프랑크푸르트로 귀향하게 된다. 그 귀향길에서도 괴테는 잠시 들른 소피에 드 라 로쉬 부인의 댁에서 그녀의 딸 막시밀리아네의 새카만 눈동자에 반하여 일시적으로 강렬한 연정을 느끼게 된다. 프랑크푸르트에 돌아온 괴테는 베츨라에서 함께 알고 지내던 친구 예루잘렘이 유부녀와의 이룰 수 없는 사랑을 비관하여 자살했다는 신문기사를 읽게 되는데, 이에 충격과 영감을 받은 괴테는 로테와 막시밀리아네에 대한 자신의 이루지 못한 사랑과 친구 예루잘렘의 비극을 한데 뒤섞어 불과 4주 만에 한편의 편지소설을 완성하였는데, 이것이 바로 『젊은 베르터의 고뇌』이다.

주인공 베르터를 절망과 죽음으로 몰고 간 것은 물론 이룰 수 없는 사랑 때문이다. 그러나 로테에 대한 베르터의 이 사랑에는 단순한 연애 이상의 그 어떤 절대적 가치 문제가 내포되어 있는데, 이 절대적 가치가 무엇인지 알아보기 위해 우리는 베르터가 로테를 처음 만나고 또 사랑하게 되는 장면들과 계기들을 한번 살펴볼 필요가 있다.

베르터가 로테를 처음 보게 되는 것은 로테가 어린 동생들에게 빵을 나누어 주는 유명한 장면이다. 두 해 전에 어머니를 여의고 홀아버지 슬하에서 여덟 명의 어린 동생들을 돌보고 있는 로테의 모습은 베르터에게는 그야말로 순진무구한 처녀성과 희생적 모성의 전형으로 보였던 것이며, 귀엽고 활달한 아이들, 그녀의 여덟 남매들과 함께 있는 로테를 보는 것은 베르터의 순수한 영혼을 사로잡은 크나큰 환희 자체였다.

아이들은 조금 떨어진 곳에서 나[베르터]를 옆에서 이윽히 지켜보고 있었다. 그래서 나는 그중 얼굴이 아주 잘생긴 막내둥이한테로 다가갔다. 그러자 아이가 멈칫 하고 뒤로 물러났는데, 마침 로테가 방문을 열고 나오며, "루이, 사촌형한테 악수해야지!" 하고 말했다. 그러자 꼬마가 아주 선선히 손을 내밀었다. 그래서 나는 꼬마가 작은 코에 콧물을 흘리고 있었음에도 불구하고 꼬마에게 진심으로 키스해 주지 않을 수 없었다. "사촌이라고요?" 하고 나는 로테에게 손을 내밀면서 말했다. "제가 당신들과 친척이 될 행운을 누릴 자격이 있다고 생각하시는 겁니까?" – "아!" 하고 그녀는 가볍게 미소 지으며 말했다. "우리 집안에서는 친척 관념의 폭이 아주 넓답니다. 그리고 당신이 그 친척들 중 제일 먼 분이라면 아마도 전 섭섭한 생각이 들 것 같거든요!"[02]

베르터와 로테가 처음 나누는 이 짧은 대화에서도 두 남녀가 얼마나 순수하고 소박하며 자연스러운 성품의 사람들인가를 잘 알 수 있다.

우리[베르터와 로테]는 창가로 걸어갔다. 멀리서 천둥이 쳤다. 이윽고 힘찬 빗줄기가 대지 위로 내리 쏟아졌으며, 아주 상쾌한 향내가 따뜻하고 충만한 대기를 타고 우리들 있는 데까지 올라왔다. 그녀는 양 팔꿈치

02 Goethes Werke, H. A., Bd. 6, S. 21f. (Die Leiden des jungen Werther).

에 몸을 의지한 채 창가에 서 있었고, 골똘히 바깥을 내다보고 있었다. 그녀는 하늘과 나를 번갈아 쳐다보았는데, 나는 그녀의 눈에 눈물이 그득히 고여 있는 것을 보았다. 그녀는 자기 한 손을 내 손 위에 갖다놓으며 "클롭슈톡!" 하고 말했다.[03]

여기서 로테가 비밀스러운 암호처럼 입 밖에 내고 있는 "클롭슈톡!"은 괴테보다 한 세대 앞선, 당대에 크게 존경받고 있던 시인 클롭슈톡(Friedrich Gottlieb Klopstock, 1724-1803)을 가리키는데, 그는 계몽주의 시대의 독일시가 답습하고 있던 폐단—즉, 남녀간의 애정을 경박하게 희롱하거나 자연을 단지 음풍농월의 대상으로 여기는 문학적 관행—을 일신하여, 시에다 진실한 인간적 감정과 생생한 체험을 담고자 했다. 당시 독일의 젊은 시인들은 형식 위주의 프랑스 문학을 전범(典範)으로 삼아야 한다는 그룹과, 내용과 형식에 있어서 자유분방한 영국문학을 본받아야 한다는 유파로 나뉘어져 있어서 젊은 시인들은 두 갈래의 길목에서 고민하고 있었는데, 클롭슈톡의 서사시 「구세주」(Messias, 1748)를 기점으로 그 경향이 영국 쪽으로 기울게 되었다. 즉, 열정과 새로운 시어로써 자연과 우정과 사랑을 찬미하고, 하느님의 전능하심과 조국을 예찬한 클롭슈톡의 시는 시인에게 성직자적 · 예언자적 지위를 부여하는 데에 크게 기여

03 Ebda., S. 27.

하였으며, 또한 대자연이 인간에게 보여주는 장엄미에 대한 환희에 떨고 샘솟듯 용출(湧出)하는 인간적 감정을 진솔하게 노래한 그의 송가들은 청년 괴테와 쉴러에게 큰 감동을 주었다. 특히, 「전원(田園) 생활」(Das Landleben, 1759)이라는 클롭슈톡의 찬가에서는 시적 자아가 하느님께서 대지를 적셔주는 은총의 소나기를 노래하고, 그 뒤에 내리는 조용하고 부드러운 보슬비와 더불어 여호와가 나타나며 그 용자(容姿) 아래로 평화와 은총의 무지개가 찬연한 곡선을 그리며 내려오는 광경을 묘사하고 있다.

보라, 이제 여호와는 더 이상 폭풍우 속에서 오시지 않는다!
고요하고 부드러운 보슬비와 더불어 오신다!
그리고 보라, 그분으로부터 내려오는 평화의 무지개!

이것은 대자연과 그 창조자 하느님에 대해 무한히 솟아나오는 찬미의 감정을 노래한 시로서, 로테가 눈물을 글썽이며 베르터의 손에 자신의 손을 얹으면서, 이 시인의 이름을 말한 것은 베르터와 로테가 더 이상 18세기 후반 독일사회의 인습의 노예들이 아닌, 자연스러운 두 인간으로서 서로 만났음을 시사하는 신호라 하겠다.

여기서 우리는 독일문학사에서 '질풍노도의 시대'(1767-1785)가 '계몽주의 시대'(1740-1785)의 후반의 일부라는 사실, 즉 계몽주의와 시대적으로 일부 중복되고 있음에 유의할 필요가 있다. 즉, '질풍노도'는 합리주의적 계몽주의 정신과 출발점은 공유하고 있지만, 바로 그 합리주의가 경직되는 순간, 그 경직성에서 다시 감상주의적 방향으로 급선회한 매우 '인간적'인 운동이며, 루소의 "자연으로 돌아가라!"와 자연법사상의 큰 영향권 하에 놓여 있었던 것이다. "인간은 자유롭게 태어났으나 도처에서 사슬에 묶여 있는 상태이다." — 루소의 『사회계약론』(1749)에 나오는 이 말은 자유인 베르터가 도처에서 느끼는 인습의 장벽 및 사슬을 의미하기도 했다.

즉, 여기서 젊은 베르터와 로테가 처음 서로 만났을 때, 로테에게 알베르트라는 약혼자가 있다 하더라도 그들 사이에 일어나는 친근감이나 사랑의 감정은 너무나 자연스러운 것이고 인습과 도덕의 잣대로 함부로 비난할 수 없다는 것이 이 작품에 나타나 있는 당시 괴테의 생각이라고 볼 수 있겠다.

4. 시민계급의 탈출구 없는 정치적 상황

로테의 실제 모델이 된 샤를로테 부프(Charlotte Buff)의 약혼자이며 괴테의 동료이기도 했던 요한 크리스티안 케스트너(Johann Christian Kästner)[작중인물 알베르트의 실제 모델]는 베츨라에 온 청년 괴테에 대해, 격한 감정과 고귀한 사고방식의 소유자였고 괴짜였으며 행동거지와 외모에 불쾌한 사람으로 보이게 하는 여러 가지 특징들이 있었지만, 어린애들과 부인들한테서 금방 호감을 얻곤 했으며, 자신의 처신이 다른 사람들의 마음에 드는지, 유행이나 일반적 관행에 맞는지 따위는 전혀 고려하지 않고 자기 마음에 드는 대로 행동했다고 쓴 바 있다. 여기서 케스트너가 묘사하고 있는 괴테는 작품 속에 그려진 인물 베르터와 매우 유사하다. 물론, 베르터도 사회규범과 습속을 완전히 무시하고 로테에 대한 자신의 사랑을 무조건 관철시키고자 했던 것은 아니었다. 그는 열병에 걸린 것과도 같은 자신의 사랑의 괴로움에서 벗어나고자 로테가 있는 곳을 잠시 떠나 다른 곳에서 일자리를 얻기도 하는데, 그 직장의 고루한 상사들이 일을 처리하고 일상사에 대해 사고하는 방식이 자신의 그것과는 너무나 다른 데에 대해 크게 낙망하고 좌절한다. 또한, 그는 그곳에서 명망을 누리고 있는 귀족 C백작의 저택을 방문했다가 마침 그날 저녁 그 댁에서 귀족들의 파티가 시작될 시간임을 모른 채 조금 지체하던 중, 시민계급 출신과 자리를 함께 하기 싫다는 다른 귀족 참석자들의 뜻에 따라 C백작이 그에게 자기 저택을 곧 떠나달라고 부탁하는 경우를 겪게 된다. 며칠 후, 베르터는 평소 자신에게 호감을 표해왔으나 그날 쫓겨나는 자신을 보고도 짐짓 못 본 척했던 귀족 B양으로부터 그날의 경위에 대해 자세한 설명과 변명을 듣고 나서, 친구 빌헬름에게 다음과 같이 편지를 쓴다.

> 빌헬름, 이런 모든 설명을 그녀[B양]한테서, 그것도 아주 참된 동정의 목소리로 말하는 그녀의 설명을 듣고 있자니, 내 자신이 완전히 무너져 내린 것 같았고 내 마음속에서는 그때까지도 분노가 치밀어 올랐네.

> 누군가가 나의 그런 행동을 감히 비난이라도 해 준다면, 나는 칼로 그를 찔러 죽이고 싶었다네. 피를 본다면 기분이 좀 나아질 것 같아. 아, 나는 이 내 꽉 막힌 심장에 숨통을 트고자 수십 번이나 칼을 집어 들곤 했다네. 엄청 열을 받아 심히 쫓길 때에 숨통을 트고자 본능적으로 자신의 혈관을 물어뜯는 귀한 품종의 말이 있다지. 내가 자주 그런 기분이네. 난 내 혈관을 끊어 영원한 자유를 얻고 싶어![04]

친구에게 털어놓는 베르터의 이 고백에서 우리는 단지 연애에서 좌절한 한 청년의 '슬픔'만이 아니라, 프랑스혁명을 15년 앞둔 시점(1774)에서 한 독일 시민계급의 청년이 고루한 신분사회의 관행과 인습 하에서 겪는, 탈출구 없는 '괴로움'과 '고뇌'를 읽을 수 있다. 베르터의 이 '고뇌'는 동시에 청년 괴테의 동시대인들, 그중에서도 특히 시민계급 출신의 청년들이 겪고 있던 '시대의 아픔'이기도 했다. 소설 『젊은 베르터의 고뇌』가 독일뿐만 아니라, 당시 전 유럽의 독자들에게 전에 없던 큰 반향을 불러일으키고, 푸른 연미복에 노란 조끼, 가죽 반바지, 목이 밖으로 젖혀지는 장화, 회색의 둥근 펠트 모자 등 이른바 '베르터식 복장'이 대유행을 하고, 수많은 유럽 시민들에게 모방 자살의 충동을 불러일으킨 것은 이런 점에서 이해되어야 할 것이다. 괴테 자신도 이른바 '베르터 열풍'(Wertherfieber)이라고

04 Ebda., S. 70f.

불리었던 이 현상의 원인으로서 이 작품이 바로 그 시대 청년들의 욕구와 그 시대의 요구를 그대로 대변하고 있기 때문이라고 말한 바 있다.

오늘날 우리 한국의 젊은이들이 처해 있는 상황도, 비록 베르터가 처해 있던 답답한 상황과 완전히 같다고는 할 수 없겠으나, 그것이 답답하고 괴롭다는 점에서는 비슷하다고 할 수 있다. 따라서 현재 우리 문단에서도 이런 시점, 이런 상황을 절실하게 잘 형상화해 내는 소설 작품이 기대된다 하겠다.

여담이지만, 『젊은 베르터의 고뇌』의 여주인공 로테는 2백년 가까운 세월이 흐른 뒤에도, 아시아의 한 청년에게 깊은 감동을 불러일으켜, 그가 만든 제품에 '롯데'라는 이름이 붙여지고, 그가 이끄는 기업이 '롯데'라는 이름을 얻게 되었다. 또한, 청년 괴테의 이 작품은 한국 문학에도 "목련꽃 그늘 아래서 베르테르의 편질 읽노라"(박목월: 「4월의 노래」) 등 수많은 영향사적 흔적을 남기게 되었다. 여기서도 드러나고 있지만, 우리나라에서는 이 소설이 주로 '베르테르'의 열렬한 사랑과 실연 및 자살을 다룬 연애소설로 수용되어 왔다.

5. 새로운 활동무대 바이마르로

한편, 괴테는 이 작품을 씀으로써 자신의 청년기에 들이닥친 인간적 위기를 극복할 수 있었다. 후일 괴테는 자신의 자서전 격인 『시와 진실』(Dichtung und Wahrheit)에서, 이 소설의 창작을 통해 그 자신은 청년기의 위기상황에서 탈출할 수 있었으며, 이 소설을 쓰고 나자 "마치 총고해(總告解) 성사라도 치른 뒤처럼 다시 즐겁고 자유롭게 된 느낌이 들었고, 새로운 삶을 살 권리가 생긴 것처럼 느꼈다"[05]고 고백하고 있다.

아무튼, 괴테는 이 소설을 통해 일약 범(汎) 유럽적 시인이 되었다. 그 결과, 그는 1775년 당년 18세의 바이마르공국 군주 카를 아우구스트 공(Herzog Karl August, 1757-1828)의 초청을 받아 바이마르로 가게 된다. 귀족들의 세계에서 배제되고 배척당하는 아픔을 겪었던 한 시민계급 출신의 문학청년이 이제 귀족들의 세계로 들어가게 되는 것인데, 7년 후인 1782년에는 그 자신이 이 바이마르 공국으로부터 귀족 칭호를 받기까지에 이른다.

괴테가 이렇게 바이마르로 초청되어 가는 배후에는 초청자 카를 아우구스트 공의 모후(母侯) 아나 아말리아 공작부인(Herzogin Anna Amalia, 1739-1807)이 있었으며, 이 공작부인이 바로 작은 나라 바이마르에서 위대한 독일 고전주의 문학과 인문적 독일문화를 일으킨 장본인이다. 이제 청년 괴테의 질풍노도적, 저항적 문학은 이 공작부인과 바이마르 귀족사회의 영향 하에 차츰 순화되고, 보다 우아하고 원숙한 경지로 발전해 감으로써, 인문적으로 순화된 독일 고전주의 문학으로 찬연하게 피어나게 되는 것이다.

05 Goethes Werke, H. A., Bd. 9, S. 588 (Dichtung und Wahrheit).

II. 『빌헬름 마이스터의 수업시대』
— 독일 교양소설의 효시 및 전형

1. 작품 제목의 번역 문제

먼저 『빌헬름 마이스터의 수업시대』란 소설 제목의 번역 문제를 잠시 언급하는 것이 좋겠다. 주인공의 성명 '빌헬름 마이스터'부터 살펴보자면, 빌헬름은 당시 독일에서 비교적 흔하던 남자이름이기도 하지만, 작가 괴테와 작중 인물 빌헬름이 다 같이 존경해 마지않는 영국의 시인 셰익스피어의 이름 '윌리엄'을 연상시키고 있다는 점도 아울러 염두에 두면 좋을 것 같다.[06] 또한, 빌헬름의 성씨(姓氏)인 '마이스터'(Meister)는 독일어로 원래 '명장'(名匠), '명인'(名人), '석학'(碩學), '스승', '선생님' 등의 의미를 지니는데, 이 작품에서는 '상인'(商人, Kaufmann)으로서의 수업(修業) 과정을 밟는 연수생(Lehrling) 빌헬름이 걸어가야 할 '도제'(徒弟, Geselle), '명장' 등의 단계적 목표, 나아가서는 교양소설의 주인공 빌헬름의 교양목표를 암시하는 것으로도 볼 수 있다. 다음으로, '수업시대'(Lehrjahre)는 원래 '수업기간', 또는 '수업연수'(Lehrjahr)의 복수로서, 단어 자체로만 본다면 '수습시절', 또는 '수업시절' 정도로 번역하는 것이 적절할 것이다. 하지만 이 작

06 Goethes Werke, H. A., Bd. 7, S. 210 (Wilhelm Meisters Lehrjahre): "그는 아주 기쁜 심정으로 셰익스피어 또한 자기의 대부(代父)라고 생각했으며, 셰익스피어 역시 윌리엄이라는 이름이었기 때문에 자기 이름이 빌헬름인 것이 더욱더 마음에 들었다."

품을 우리보다 먼저 수용한 일본인들이 일단 "빌헬름 마이스터의 수업시대"로 번역하자, 이 번역이 "젊은 베르테르의 슬픔"과 마찬가지로 우리나라에서도 관행으로 굳어지게 되었다. 그렇다고, '수업시대'란 번역이 아주 오역이라고 단정할 수는 없겠는데, 그것은 '수업시대'라 번역할 때에는 교양소설의 주인공 빌헬름 마이스터의 주체적·자율적 삶의 도정과 그 자주적 성장 및 성숙 과정의 의미가 '수업시절'이라고 번역할 때보다는 훨씬 더 격상되는 장점이 생기기 때문이다. 따라서 필자는 『젊은 베르테르의 슬픔』을 굳이 『젊은 베르터의 고뇌』로 바꾼 전례(前例)와는 달리, 여기서는 굳이 '수업시절'로 고치지는 않고 '수업시대'로 그냥 두기로 한다. 이것은 번역의 이론과 실제 사이의 미묘한 문제로서 이 자리에서 더 세세히 논의할 필요까지는 없겠다. 아무튼, 여기서는 일단 이런 문제점들이 있다는 사실만 간단히 짚어두고 넘어가고자 한다.

2. '교양소설'이란 무엇인가?

흔히들 『빌헬름 마이스터의 수업시대』를 교양소설(Bildungsroman)의 효시(嚆矢) 및 전형(典型)이라고 지칭하는데, 여기서는 우선 교양소설이란 무엇인가 하는 물음부터 제기하는 것이 순서일 것 같다.

'교양'(Bildung)이라는 말의 어원부터 살펴보자면, '교양'은 '생성'이나 '형성'이란 의미를 지니고 있으며, 여기에는 인간을, 자신의 타고난 소질에 따라, 그리고 주어진 환경의 영향 하에서, 생장하고 발전해 가는 한 유기적이고도 자율적인 주체로 보는 18세기 계몽주의적 세계관 및 교육관이 밑바탕에 깔려 있다. 따라서 교양소설은 한 자아(自我)가 어떤 환경에서 태어나 어떻게 성장·발전해 가며, 또 더 넓은 세계로 나아가 어떻게 세파를 헤치고 자아의 이상을 실현, 또는 자아의 세계를 완성해 가는가를 그리는 일종의 '발전소설'(Entwicklungsroman)을 가리킨다. 따라서 교양소설은 18세기 계몽주의 이전에 유럽 전역에서 유행하던 '모험소설'(Abenteuerroman)이나 '악한소설'(Schelmenroman)과 같은 장르가 인간의 자율성, 개체의 존엄성의 시대에 발맞추어 진화한 장르로서, 주인공이 세계라는 무대 위에서 더 이상 맹목적으로 이런 저런 세상사에 부딪히면서 이리 저리 휘둘리기만 하는 한갓 '대상'만이 아니라, 설령 막연한 목표라 할지라도 어느 정도, 어느 수준의 인격 달성이라는 교양목표를 지니고 있음을 전제로 하고 있다. 이렇게 목표를 지니고 있다는 점에서 교양소설은 또한 단순한 '발전소설'과는 차이가 있으며, 문학사적으로는 괴테와 쉴러가 주도한 독일 바이마르 고전주의의 '인문성 이상'(Humanitätsideal)과 직결되어 있다. 따라서 교양소설의 작가는 대개 그 주인공보다는 더 높은 시점을 확보하고 있는 경우가 많으며, 종국에 가서는 독자의 교양 함양이라는 더 원대한 목표까지도 염두에 두고 있다고 보아야 할 것이다.

괴테와 쉴러는 1795년부터 1805년까지 약 10년 동안 바이마르에서 자신들이 일으킨 독일 고전주의의 목표로서 이른바 '인문성 이상'을 설정했다. 쉴러의 유명한 서간집 『인간의 미적 교육에 대하여』(Über die ästhetische Erziehung des Menschen, 1795)는 예술(특히 연극, 시, 소설 등)을 통해 인간을 인간다운 존재로 교화해 나가고, 나아가서는 독일 국민 전체를 문화국민으로 고양시키겠다는 바이마르 고전주의의 목표를 가장 명확히 기술하고 있는 책이다. 여기서 '인간의 미적 교육'이라는 말을 풀어서 설명하자면, 예술 작품―특히 문학 작품―을 통해 인간을 인문적으로 교육하겠다는 의미이다. 따라서 쉴러의 이 책은 문학이 사회 및 국민 교육의 주축을 이루어야 한다는 바이마르 독일고전주의의 이상을 대표하고 있는 저술이다.

이러한 쉴러의 권유로 가필하고 완성을 본 괴테의 소설 『빌헬름 마이스터의 수업시대』가 그 가필 과정에서 원래의 '예술가소설'이란 유형으로부터 보다 보편적인 '교양소설'로 변모해 간 것도 이런 맥락에서 이해되어야 할 것이고, 또한 바로 이 점에서 볼 때에도 『빌헬름 마이스터의 수업시대』는 독일 고전주의의 산물이다.

따라서, 『빌헬름 마이스터의 수업시대』를 그 효시로 삼고 있는 교양소설은 괴테시대에 탄생한 역사적 장르이다. 즉, 교양소설은 독문학사를 떠나서 언제, 어디서나 거의 동일한, 초시대적 항구여일성을 지닌 장르는 아니며, 일단은 독일 고전주의 문학이라는 특정 시대에 탄생한 장르란 말이다. 근자에 우리가 교양소설과 비슷한 한국소설을 '성장소설'이라 부르는데, 이 장르는 교양소설보다는 보다 비역사적이고 초시대적일 것 같다. 이를테면, 김원일이 "저 자신은 독일 성장소설의 한국판이라고 할" "좋은 성장소설을 한번 써 보겠다는 마음"(「성장소설의 매력」, 2002.4.26)으로 『늘푸른 소나무』를 썼다고 고백하고 있는데, 여기서 그는 아마도 교양소설을 성장소설과 비슷한 초역사적 장르로 이해하고 있는 듯하다. 사실 이것이 크게 잘못된 견해라고도 할 수 없는데, 왜냐하면, 독일인들조차도 오늘날에 이르러서는 일반적으로 교양소설을 초역사적 장르로 이해하고, 현대 소설 중에서도 어떤 특정 소설을 가리켜 교양소설이라고 규정하기 일쑤이기 때문이다.

교양소설이 괴테시대의 역사적 컨텍스트에서 태어난 역사적 장르임에도 불구하고, 코트프리트 켈러의 『초록색 조끼의 하인리히』(Der grüne Heinrich, 1854), 아달베르트 슈티프터의 『늦여름』(Nachsommer, 1857) 등 괴테 이래의 19세기의 수많은 독일소설들이, 심지어는 헤르만 헤세의 『데미안』(1919)과 토마스 만의 『마의 산』(1924)까지도, 교양소설적인 특징을 보이고 있는데, 그것은 괴테의 『빌헬름 마이스터의 수업시대』가 시대를 초월하여 그 막강한 영향력을 행사하고 있음을 의미한다. 또는, 독일의 소설가들은 작품을 주로 이런 패턴으로 쓴다는 사실을 약여하게 보여주고 있다고 할 수도 있고, 나아가서는, 독일의 독자들이 이런 소설을 진정한 소설로 간주하거나 적어도 이런 소설을 선호하고 있다는 사실의 방증일 수도 있겠다.

결론적으로 말하자면, 우리는 교양소설이 역사적 장르로 출발하긴 했지만, 그 독일적(또는 나아가서는, 그 세계적) 보편성 때문에, 오늘날에는 자주 초시대적 장르로 이해되기도 한다는 사실을 유념하고, 이 장르를 보다 개방적으로 이해하는 유연한 자세를 지녀야 할 것이다.

3. 바이마르에서의 괴테

카를 아우구스트 공의 초청을 받아 1775년 11월 바이마르의 궁정에 도착한 괴테는 즉각 아나 아말리아 모후(母后)와 카를 아우구스트 공의 마음을 얻게 되어 추밀 외교고문관 등 공국의 주요 관직을 맡게 되고 시민계급으로서 바이마르 궁정의 귀족사회에 깊숙이 편입된다.

이 편입과정 중에서 꼭 언급되어야 할 사실은 공국의 마차관리관(장관급)의 부인이었던 샤를로테 폰 슈타인과의 애정 관계이다. 슈타인 부인은 정숙하고 지혜로운 귀부인으로서, 궁정 교양 여성의 우아한 절제와 관용의 미덕으로 젊은 시인 괴테의 피 끓는 열정을 적절하게 식혀주면서, 괴테를 바이마르 궁정사회에 잘 적응할 수 있도록 순화시켜 주었다. 최근에는 바이마르의 어느 재야 학자가 슈타인 부인의 괴테에 대한 플라토닉한 사랑은 아나 아말리아 공작부인과 괴테의 은밀한 밀회와 금단의 사랑을 엄폐하기 위한 궁정의 의전적(儀典的) 도구로서 기능했을 뿐이라는 엄청난 가설을 제기하여 전통적 괴테 전기(傳記) 학자들을 당황하게 만들기도 했지만, 그동안 여러 가지 전거를 종합해 볼 때 이것이 정설로 인정되기에는 무리가 많다는 잠정적 결론이 난 듯하다.

아무튼, 여기서 중요한 것은 시민계급 출신의 '폭풍과 충동'의 문학청년 괴테가 아니나 아말리아 모후(母后), 슈타인 부인 등 바이마르 궁정의 많은 여성들과 접촉함으로써 귀족사회의 법도와 예절을 제대로 익힐 수 있었다는 사실이며, 이것이 괴테로 하여금 '질풍노도'의 시기를 극복하게 만드는 중요한 계기와 과정이 되었다는 사실이다.

그러나 괴테가 '질풍노도'의 문학을 극복하고 독일 고전주의 문학의 핵심적 인물로 성장하기 위해서는 바이마르 궁정사회의 이러한 문화적 교양체험만으로는 아직 많이 부족했다. 거기에는 1786년부터 1788년까지의 이탈리아여행 체험이 추가로 필요했다. 괴테는 남국의 따뜻한 자연, 그리고 거기서 발견되는 이국적 광물의 특성을 관찰하고, 거기서 자라나고 있는 식물들의 변성(變成, Metamorphose)을 연구하였고, 남국인들의 낙천적인 삶의 모습에 감동하였으며, 남국에서 처음으로 관능의 즐거움과 덧없음을 실제로 체험함으로써 그의 문학은 더욱 원숙성과 우미성을 띠게 되었고, 이제부터 그의 작품들은 보다 보편성을 띤 인간성 일반과 영원성을 지향하게 되었다.

괴테의 이러한 전인적(全人的), 고전주의적 성숙에 기여한 또 하나의 중요한 계기는, 위에서도 잠깐 언급되었지만, 10년 연하인 프리드리히 쉴러(Friedrich Schiller, 1759-1805)와의 만남과 교우였다. 가난과 박해에 내몰려 있던 불행한 시인 쉴러를 괴테가 1789년에 예나대학의 역사학 교수가 되도록 주선해 주고, 이에 대해 쉴러는 지극한 우정과 진심어린 문학적 충고로 보답함으로써 그들 둘의 우정과 연대는 1795년부터 1805년에 쉴러가 죽기까지 약 10년 동안 바이마르 고전주의를 견인하는 원동력이 되었다. 괴테는 특히 역사와 철학, 그리고 미학에 대한 쉴러와의 심도 있는 논의를 통해 독일 고전주의의 원숙한 경지에 진입하게 되었다.

4. 소설 『빌헬름 마이스터의 수업시대』의 변화과정

소설 『빌헬름 마이스터의 수업시대』(1795-96)도 괴테의 이런 인간적, 작가적 성숙과정과 함께 변성(變成)·발전해 갔는데, 소위 '초고(草稿) 마이스터'란 것이 바이마르 체류의 초기인 1777년의 일기에서 이미 언급되고 있으며, 그 당시 이 소설의 제목은 『빌헬름 마이스터의 연극적 사명』(Wilhelm Meisters theatralische Sendung)이었지만, 쉴러와의 교우 이후인 고전주의 시대에 들어와서 『빌헬름 마이스터의 수업시대』(Wilhelm Meisters Lehrjahre)로 제목이 바뀐 것으로 보인다.

단순히 작품의 제목만 바뀐 것이 아니라, 빌헬름 마이스터라는 배우 지망생의 주인공을 그린 일종의 예술가소설이 인간 일반의 성장 및 발전 과정을 교육적, 이상주의적으로 제시하는 교양소설로 바뀐 것인데, 이하에서 이 변화를 보다 구체적으로 살펴보기로 하겠다.

『수업시대』 전체는 모두 8권으로 구성되어 있는데, 그중 전반부라 할 수 있는 1-5권은 상인의 아들 빌헬름 마이스터가 '상인'(Kaufmann)으로서의 수업에는 관심이 없고 연극을 좋아하여 유랑극단의 일원이 되며, 이렇게 배우들과 어울려 지내면서 연극과 연관된 갖가지 체험을 하게 되는 일종의 예술가소설의 형태와 구조를 지니고 있다.

제1권에서 빌헬름은 연극 관람을 좋아하다가 여배우 마리아네를 사랑하게 되고 마리아네와 굳게 약속하고 장차 함께 연극배우로 살아가고자 결심한다.

그러나 제2권에서 그는 마리아네 집에서부터 어떤 남자가 나오는 것을 보고 자기가 마리아네한테 배반을 당한 것으로 지레 짐작하고 실연의 슬픔을 안고 다시 부업(父業)으로 되돌아가 자신의 마음을 다시 다잡고 '상인'으로서의 일을 배우고자 애쓴다. 그러던 그는 아버지의 수금(收金) 심부름 때문에 장기 출장 여행을 하던 중에 어느 유랑극단을 만나게 되는데, 이를 계기로 여배우 필리네와 남자 배우 라에르테스를 친구로 사귀게 된다. 또한, 그는 우연히 줄타기 서커스단의 단장이란 사람이 이국의 소녀 미뇽을 학대하는 광경을 보자 동정심에서 돈을 주고 미뇽을 사서 유랑극단 일행에 편입시킨다. 또한, 이 무렵 하프 타는 어느 노인이 일행 앞에 나타나 가끔 하프 반주에 맞추어 노래를 읊어주곤 한다.

눈물 젖은 빵을 먹어보지 못한 사람,
근심에 찬 여러 밤을
울면서 지새워 보지 못한 사람은
그대들을 알지 못하리, 은밀히 작용하는 천상의 존재들이여!

우리 인간들을 삶으로 인도하는 그대들,
이 불쌍한 사람, 죄인으로 만들어 놓은 것도 모자라
늘 괴로움에 시달리게 하누나!
그래, 모든 죄는 이 지상에서 그 업보를 치러야지![07]

이 구슬프고 애절한 음조에 감동한 빌헬름은 하프 타는 노인을 가까이 하면서 가끔 큰 감동과 위안을 받곤 한다. 한편, 멜리나라는 배우가 유랑극단을 제대로 된 극단으로 재건하겠다며 빌헬름에게 그 비용을 차용해 줄 것을 청한다. 빌헬름은 멜리나에게 돈을 빌려줌으로써 자연히 이 극단 단원들과 고락을 함께하게 되고, 게다가 미뇽과 하프 타는 노인까지 거느리고 다니는 통에, 고향으로 돌아가 부업(父業)을 물려받는 것과는 점점 더 거리가 멀어지게 된다.

제3권에서 극단은 어느 백작의 초청을 받아, 그의 저택에서 머물면서 백작의 연회를 위한 축하 공연을 준비한다. 빌헬름은 귀족의

07 Goethes Werke, H. A., Bd. 7, S. 136 (Wilhelm Meisters Lehrjahre).

세계를 알게 된 것을 기뻐하며 성심껏 공연 준비에 임한다. 이 무렵 그는 야르노라는 사람을 알게 되고 그의 권유에 따라 셰익스피어의 연극에 관심을 갖게 되며, 셰익스피어의『햄릿』에 큰 감동을 받는다. 이런 어느 날 빌헬름은 백작이 출타한 사이에 필리네의 장난스러운 제안으로 백작의 복장을 한 채 백작의 방에 앉아 백작 부인을 기다리고 있는데, 때마침 예기치 않게 백작이 외출에서 돌아와 자신의 복장을 하고 자기 방에 앉아 있는 빌헬름을 보자, 백작은 죽음의 사자를 본 것으로 착각하고 그 자리를 피한다. 한편, 백작부인을 사모하던 빌헬름은 백작부인과 이별하는 순간, 그녀를 너무 세게 포옹한 나머지 실수로 백작부인의 목걸이가 그녀의 젖가슴에 짓눌리게 되어 그녀에게 상처를 남기게 되는데, 백작부인은 이 상처가 자신의 비도덕적 사랑에 대한 하느님의 응징이라고 해석하고 그만 수녀원으로 들어가게 된다.

제4권에서는 넉넉한 보수를 챙겨 백작의 저택을 떠나게 된 유랑극단 단원들이 프랑스혁명 이래 사회적으로 유행이 된 공화제를 도입하자면서, 빌헬름을 자신들의 임시 단장으로 선출하고 이제부터는 그의 지휘에 따르겠다고 결의한다. 하지만, 그들 일행은 중도에서 노상강도떼를 만나 돈과 물건을 약탈당한다. 이때, 빌헬름은 지도자로서의 책임감 때문에 강도들과 맞서 총질을 하다가 강도들의 칼에 부상을 입고 그만 잔디밭에 쓰러진다. 그때 백마를 탄, 마치 아마존같이 생긴 한 여인이 홀연히 나타나 의사를 부르고 빌헬름을 치료하게 지시한 다음, 자신의 일행으로부터 겉옷을 빌려서, 부상을 당해 누워 있는 빌헬름을 덮어준다. 나중에 몽환상태에서 깨어난 빌헬름은 자신을 구해준 아마존 같던 그 여인의 신분과 행방에 대해 백방으로 수소문해 보지만, 그 여인의 종적은 찾을 길이 없다. 한편, 단원들은 빌헬름이 지도자로서 길을 잘못 인도한 까닭에 강도들을 만나고 또 재물까지 털리게 되었다며 빌헬름에게 대단한 불만을 토로한다. 이에 흥분한 빌헬름은 홧김에 자신이 그 책임을 끝까지 지겠다며 전부터 안면이 있던 연극 감독 제를로에게 그들을 데리고 가 그들의 생계를 돕겠다고 말한다.

제5권에서는 빌헬름의 아버지의 부음이 오고 그에게 많은 유산이 돌아왔다는 사실이 전해진다. 빌헬름은 장사를 함께하자는 매부 베르너의 제안에 다음과 같은 회신을 쓴다.

> 자네에게 간단히 한마디로 말하겠네만, 이렇게 있는 그대로의 나 자신을 수련해 나가는 것—그것이 내가 어렸을 적부터 희미하게나마 품어 왔던 소원이자 의도였다네. … 그러니 내가 말하는 것이 자네의 뜻과 아주 맞지 않더라도, 내 말에 약간의 주의를 기울여 주게나.
>
> … 독일에서는 일반교양, 아니, 개인적 교양이란 것은 오직 귀족만이 갖출 수 있네. 시민계급으로 태어난 자는 업적을 낼 수 있고, 또 최고로 애를 쓴다면, 자기의 정신을 수련시킬 수는 있겠지. 그러나 그가 아무리 발버둥을 친다 해도 자신의 개성만은 잃어버리지 않을 수 없어. …

자네도 알다시피, 이 모든 것을 나는 단지 무대 위에서만 찾을 수 있고, 내가 마음대로 활동하고 나 자신을 갈고 닦을 수 있는 것은 오로지 이 연극적 분위기 속에서뿐이라네. 무대 위에서라면 교양인은 마치 상류 계급에서처럼 인격적으로 아주 찬연히 빛을 발할 수 있거든!"[08]

이 편지 구절은 시민계급 출신인 주인공 빌헬름이 연극을 통해서 국민교화와 국가발전에 헌신할 수 있다는 신념을 나타내고 있다는 의미에서 이른바 국민극(Nationaltheater)의 의의와 사명에 대해서 이야기할 때에, 그리고 "이렇게 있는 그대로의 나 자신을 수련해 나가는 것"이 중요하다는 의미에서 교양소설을 정의할 때에 자주 인용되곤 하는 유명한 대목이다. 아무튼, 빌헬름은 베르너에게 자신의 재산을 우선 대리 관리해 줄 것을 부탁하고, 제를로 극단의 배우가 되어 『햄릿』을 공연한다. 이때, 하프 타는 노인이 방화를 하는 등 정신병의 징후를 보이게 된다. 또한, 제를로의 누이 아우렐리에가 로타리오라는 연인에게 버림받은 마음의 상처로 괴로워하다가 죽게 되는데, 빌헬름은 그녀가 데리고 있던 소년 펠릭스를 떠맡게 되고, 아우렐리에의 마지막 편지를 전해 주기 위해 로타리오의 성(城)을 향해 출발한다.

여기까지가 제1권에서 제5권까지의 대강의 줄거리인데, 요컨대

08 Goethes Werke, H. A., Bd. 7, S. 290ff. (Wilhelm Meisters Lehrjahre).

연극이란 예술의 세계에 빠져 삶의 현장으로 되돌아오지 못하는 어느 청년의 방황기이고, 또한 마리아네, 미뇽, 필리네, 멜리나부인, 백작부인, '아마존 여인', 아우렐리에 등 거의 모든 여성들한테서 두루 '사랑받는' 한 청년의 여성 편력기이기도 하다.

대강 여기까지의 원고를 읽어본 쉴러가 공무에 바쁜 괴테에게 이 작품을 완성해 볼 것을 권유하자 괴테는 쉴러의 이 우정 어린 충고를 받아들여 이 작품을 부분적으로 개작하고, 또 6, 7, 8권을 덧붙여 완성해 낸다.

제6권은 괴테가 젊은 시절에 읽은 적이 있던 어느 수녀의 고백록으로서, 일명 「아름다운 영혼의 고백」이라고도 불리는 독립된 글인데, 괴테보다 한 세대 이전의 이상적 여성상이 그려져 있다. 괴테는 원래 예술가소설로 구상된 「연극적 사명」(1~5권)과 '철학적 교양소설' 『수업시대』(7~8권)의 문체적·내용적 낙차를 조금이라도 엄폐해 보기 위해, 그 중간에 이 수기를 끼워 넣은 것으로 보인다. 이 수기의 화자인 '아름다운 영혼'은, 소설의 필자 괴테에 의해, 로타리오, 나탈리에, 백작부인, 프리드리히 등 작중 인물 4남매의 이모가 되는 것으로 교묘하게 짜맞추어져서, 이 수기가 전체 소설과 아주 무관하지는 않은 것으로 읽혀지게 되는 것이다.

제7권은 아우렐리에를 버렸다는 귀족 로타리오를 만나 그에게 따끔한 말 한마디를 함으로써 아우렐리에의 실연의 복수를 대신 해주려던 생각으로 빌헬름이 로타리오의 성을 찾아가는 장면으로 시작된다. 하지만 로타리오의 성에 도착한 빌헬름은 뜻밖에도 로타리오 및 그 주변 인물들에 의해 큰 환영을 받게 되고, 차츰 로타리오를 비난할 생각을 포기할 뿐만 아니라 나중에는 로타리오와 친밀하게까지 된다. 또한, 거기서 빌헬름은 펠릭스가, 실은 자신을 배반하지 않고 자신과의 약속을 기다려 주었던 마리아네와 자신 사이에 태어난 아들이라는 사실을 알게 된다. 뿐만 아니라 그는 자신이 로타리오, 야르노 등이 회원으로 일하는 '탑의 모임'이란 비밀 결사체에 의해서 그동안 보이지 않는 지원, 감시, 그리고 보이지 않는 교육적 인도를 받아 여기까지 긴 방황의 도정을 걸어왔음을 알게 된다. 그는 '탑의 모임'의 지도자 격인 신부님한테서 '수업증서'를 받고 자신도 '탑의 모임'의 일원이 된다. 빌헬름은 자기 인생의 고비마다[예컨대, 『햄릿』 공연을 앞두고 유령역을 맡아줄 배우가 없었을 때, 이 단역(端役)을 친히 맡아주기 위해 미지의 배우로] 나타나 자신을 도와주고 충고해준 사람이 바로 신부님이었다는 사실도 그제야 비로소 확인하게 된다.

제8권에서는 그동안 상인으로서 근면 성실하게 일해 온 베르너가, 자신의 친구이며 처남인 빌헬름을 찾아온다. 베르너는 빌헬름이 훌륭한 신사의 면모를 갖춘 것을 보고 이제는 귀족 여인과도 결혼할 수 있겠다는 찬탄의 말을 한다. 한편, 빌헬름은 로타리오의 여동생 나탈리에가 자신이 그다지도 찾고 그리워하던 '아마존 여인'임을 알게 되고, 자비로운 그녀에게 마음이 끌리지만, 그녀가 귀족신분이라 결합이 쉽지 않을 것임을 실감한다. 그러던 중, 빌헬름은 로타리오와 애정관계에 있었지만 서로 결혼할 수 없는 부득이한 가족적 사유 때문에 서로 갈라서게 된 테레지에라는 여성을 알게 되는데, 그는 펠릭스에게 훌륭한 아버지가 되기 위해서는 집안 살림을 잘 할 것으로 보이는 테레지에가 자신의 배우자로서 적합할 것이라고 생각해서 테레지에에게 청혼을 한다. 빌헬름이 테레지에를 포옹하는 장면을 본 미뇽이 기겁을 하면서 나탈리에의 발치에 쓰러져 죽는다. 이때, 이탈리아의 한 후작이 나타나 미뇽이 자신의 조카이며, 하프 타는 노인이 또한 자신의 친동생임을 밝히는데, 이리하여 미뇽은 하프 타는 노인이 여동생과의 근친상간에서 얻은 딸이라는 놀라운 사실도 아울러 밝혀진다.

한편, 로타리오와 테레지에 사이에 서로 결혼할 수 없는 금단의 사유로 가로놓여 있던 가족 관계가 사실이 아닌 오해로 판명됨에 따라 이 두 사람이 자연스럽게 재결합할 수 있게 되자, 이 둘의 호의적 지원과 나탈리에의 어려운 결단에 의해 빌헬름은 마침내 나탈리에와 결혼하는 행운을 얻게 된다.

5. 독일 교양소설의 전형

이 행운을 가리켜 나탈리에의 남동생 프리드리히는 이 소설의 끝에서 다음과 같이 말하고 있다.

"당신[빌헬름]을 보면 난 웃지 않을 수 없군요. 당신이 기스(Kis)의 아들 사울과 비슷하다는 생각이 들거든요. 아버지의 암나귀를 찾으러 나갔다가 왕국을 얻게 된 그 사울 말입니다."[09]

프리드리히의 이 말은 빌헬름이 처음부터 뚜렷한 목표를 갖고 세상으로 나아간 것이 아니라 세상에서 많은 우회로를 헤매면서도 성실하게 노력한 결과 자신의 행운을 얻게 된 것임을 시사하고 있다. 빌헬름에게 처음부터 뚜렷한 교양목표(Bildungsziel)가 없었다 하더라도, 한 자아가 – 연극을 통하든, 다른 길을 거치든 간에 – 세계로 나아가 다기한 세파와의 갈등을 거치고 이 세계와의 화해적 교감에 도달한 다음, 마침내 자신의 '왕국'을 얻게 된 것은 사실이다. 그래서 우리는 이 소설을 교양소설이라 부르는 것이며, 『빌헬름 마이스터의 수업시대』야말로 장차 19세기의 거의 모든 독일 소설로부터 20세기 토마스 만의 『마의 산』(Der Zauberberg, 1924)에 이르기까지 대부분의 독일소설에다 교양소설적 특징을 부여하게 되는 것이다.

괴테는 1825년 에커만에게, "인간은 온갖 어리석은 짓들을 저지르고 여러 방황을 거듭함에도 불구하고 보다 높은 손에 의해 인도되어 행복한 목표에 도달하게 된다"[10]고 말하고 있는데, 이것은 – 물론 희곡 『파우스트』의 주인공 파우스트의 도정을 연상시키지만

09 Goethes Werke, H. A., Bd. 7, S. 610 (Wilhelm Meisters Lehrjahre).

10 Ehrhard Bahr (Hrsg.): Erläuterungen und Dokumente. Johann Wolfgang von Goethe. Wilhelm Meisters Lehrjahre, Stuttgart 1982, S. 296.

— 소설 『빌헬름 마이스터의 수업시대』의 주인공 빌헬름의 도정과 성취를 더욱더 적절하게 가리키고 있는 말이다. 주인공 빌헬름은 그 흔한 대학생 주인공도 아니고 그보다 한 단계 아래라 할 수 있는 '상인'(Kaufmann) 연수생에 불과하다. 하지만 교양소설의 작가는 비범하고 천재적인 인물한테서보다도 이런 평범하고 단순한 주인공을 통해서 인생의 온갖 풍파와 삶의 온갖 숙제들을 독자들에게 골고루 펼쳐 보여줄 수 있는 것이다. 교양소설의 주인공들이 빌헬름 마이스터이건, 한스 카스토르프(토마스 만의 『마의 산』의 주인공)이건, '특출한 천재'가 아닌, '한 단순한 청년'일 필요가 있는 것은 바로 이 때문이다.

교양소설의 주인공이 평범하고 단순하다고 해서 배울 바가 없는 인물이라는 것은 결코 아니다. 왜냐하면, 교양소설은 주인공의 교양을 넘어 이 주인공의 인격적 '형성'을 따라가며 주인공의 체험을 추체험하는 독자의 교양도 아울러 함양시키기 때문이다. 이 점에서 교양소설(Bildungsroman)이란 장르 이름 안에 들어 있는 '교양'(Bildung)이란 말은 주인공의 교양뿐만 아니라 독자의 교양도 아울러 가리키고 있다고 해야 할 것이다.

6. 교양소설 안에 숨어 있는 괴테의 시대적 발언

앞서 말했지만, 이 소설은 예술가소설이란 원래의 바탕 위에다 나중에 덧칠을 하고, 그리고 한 세대 앞선 여성의 수기 「아름다운 영혼의 고백」을 중간에 끼워넣음으로써 젊은 날의 문체와 장년기의 문체의 간극을 카무플라주한 다음, 고전주의적인 여유와 프랑스혁명 이후의 정치적 시각을 보이고 있는 '탑의 모임의 이야기'(제7권과 제8권)를 덧붙여, 하나의 교양소설로 짜기워 놓은 작품이다. 말하자면, 제1권에서 제5권까지 이르는 빌헬름 마이스터의 '연극적 도정'도 자율적 결단이 용인되는 일종의 '수업과정'으로서, 애초부터 '탑의 모임'에 의해 관찰되고, 보이지 않는 손에 의해, 느슨한 끈을 통해서나마, 인도되고 있었다는 것이 이 소설에 내재되어 있는 교육적 원리인 셈이다.

낭만주의 시인 노발리스는, 미뇽과 하프 타는 노인 등 아름답고도 슬픈, 낭만적인 인물들이 작품의 끝 무렵에 가서 모두 죽고, 빌헬름이 결국 귀족 나탈리에와 결혼하게 되는 『빌헬름 마이스터의 수업시대』의 비낭만적·이성적 결말을 보자, '마이스터 소설'은 "귀족증서를 얻기 위한 순례"(die Wallfahrt nach dem Adelsdiplom)[11]에 불과하다고 혹평한 바 있다.

그러나 시민계급 출신인 빌헬름이 귀족출신이자 새 시대의 '아름다운 영혼'이라 할 만한 나탈리에와 결혼하는 이 결말은 개인 빌헬름의 해피 엔드로만 볼 것이 아니라, 당시 독일 신분사회의 장벽을 뛰어넘은 한 결혼 사례를 그 대미(大尾)에 둠으로써, 이 결말이 일종

11 Ebda., S. 328.

의 시대적 상징으로서도 읽히게 하고 있다. 여기서 중요한 것이 작품 속에 여러 번 언급되는 '병든 왕자'(kranker Koenigssohn)의 모티프이다. 시리아의 왕 셀레우코스 1세는 아들 안티오쿠스의 신붓감을 물색하던 중 젊고 아름다운 스트라토니케에게 스스로 반하여 자신의 왕비로 삼고 만다. 자신의 아내가 되리라 믿었던 스트라토니케가 뜻밖에도 계모로 되자 왕자는 시름시름 앓아눕는다. 왕자의 병실에 계모가 들어올 때마다 병든 왕자의 맥박이 빠르게 뛰는 현상을 발견한 의사가 왕에게 거짓 고하기를, 왕자님이 의사 자신의 아내를 연모하여 상사병에 걸린 것이라고 보고하자, 왕은 의사에게 왕자의 목숨과 이 나라의 장래가 걸린 일이니 부디 그의 아내를 왕자에게 양여해 줄 것을 간곡히 부탁한다. 이에, 의사가 실은 그것이 자신의 아내가 아니고 젊은 왕비님이라는 고백을 하자, 왕이 스트라토니케를 병든 왕자에게 양보한다는 이 이야기는 스트라토니케가 병들어 누워 있는 왕자의 방으로 들어서는 그 결정적 순간의 인물들의 표정과 몸짓의 포착 문제 때문에 벨루치, 다비드, 앵그르 등 수많은 화가들이 즐겨 그려온 유명한 회화적 모티프이며, 젊은 괴테도 카셀 등지의 많은 박물관에서 익히 보아오던 모티프였다. 공화제를 본떠 단원들에 의해 단장으로 선출되었다가 노상강도를 만나 단원들을 위해 싸우던 중 부상을 당해 풀밭에 누운 빌헬름에게 나탈리에가 나타나 의사를 불러 치료해 주게 한 다음, 누워 있는 부상자 빌헬름에게 외투를 덮어준 소설 중의 한 장면도 실은 '병든 왕자 모티프'의 한 변형으로 읽혀질 수 있는 것이다.

소설 중에 여러 번 나오는 '병든 왕자'의 그림은 원래 빌헬름의 조부가 수집하여 소장하고 있던 것으로서 빌헬름이 어릴 적부터 집에서 익히 보아오던 그림이었다. 그런데 빌헬름이 나탈리에의 집에서 다시 이 그림을 보게 되는 것은 결코 우연이 아니다. 실은 '탑의 모임'의 신부가 그 사이에 이 그림을 매입한 것으로부터 시작하여 이 그림이 마침내 나탈리에의 방에 걸려 있게 되기까지에는 신부의 보이지 않는 많은 노력과 배려가 있었던 것이다.

아무튼, 신분상의 제약으로 인해 '병든 왕자'일 수밖에 없는 빌헬름이 귀족 나탈리에를 감히 사랑할 엄두를 낼 수 있게 된 것은, 비록 "그릇된 길"이고 "우회로"이긴 했지만 그가 '연극'이란 '수업'을 통해 그동안 '교양'을 쌓았던 덕분이었다. 만약 그가 친구 베르너의 차원에 계속 머물러 있었더라면, 그는 나탈리에를 배우자로 맞이하는 행운을 얻지 못했을 것이다. 나탈리에에 대한 시민계급 빌헬름의 사랑의 아픔은 '병든 왕자'의 경우와 마찬가지로 외부로부터의 호의적 지원이 있어야 비로소 치유될 수 있는 성질의 것이다. 이런 점에서 이 소설은 프랑스혁명 이후에도 독일에서는 아직도 상존하고 있던 구체제와 계급 간의 갈등을 해소할 수 있는 방안을 상징적으로 제시하고 있는 괴테적 시대소설로도 읽힐 수 있다. '탑의 모임'의 동지에서 이제 처남 매부 사이로까지 발전된 순간, 로타리오는 빌헬름에게 다음과 같이 말한다.

이제 우리가 이처럼 기이하게 서로 인연을 맺었으니 평범한 삶을 살지는 맙시다! 우리 다 같이 가치 있는 활동을 하도록 합시다! … 우리 그런 일을 하기 위해 서로 동맹을 맺읍시다! 이것은 공상이 아니라 정말 실현이 가능한 이념이며, 언제나 뚜렷하게 자각되는 것은 아니지만 이따금 선량한 사람들에 의해 실천되고 있는 이념입니다.[12]

개혁귀족 로타리오와 시민계급 출신의 교양인 빌헬름의 이러한 정치적 "동맹"은 프랑스혁명의 유혈사태와 혼란상에 실망한 나머지 '혁명'보다는 차라리 계급 간의 화해와 협력을 통한 '개혁'을 원했던 당시 괴테의 정치적 입장을 잘 반영하고 있다.

따라서 빌헬름이란 자아가 세계로 나아가 마침내 얻게 된 나탈리에는 단순한 결혼상대로서의 여성이 아니라 실은 세계와 조화를 이룬 자아, 나아가서는 빌헬름 자신의 성취라고도 볼 수 있다. 말하자면, 빌헬름은 자신이 새 시대의 '아름다운 영혼' 나탈리에와 비슷한 수준으로 고양됨으로써 비로소 나탈리에, 즉 자신의 행복을 얻은 것이다.

이렇게, 『빌헬름 마이스터의 수업시대』는 교양소설인 동시에 시대소설로도 읽혀질 수 있다. 말하자면, 괴테는 이 소설에다 자기가 겪은 세계의 인식을 통째 담고자, 세계를 모두 끌어안고 이 소설 속

12 Goethes Werke, H. A., Bd. 7, S. 608 (Wilhelm Meisters Lehrjahre).

으로 들어와, 스스로 이 소설 속에서 함께 불후화되고자 했던 것이다. 그래서 『빌헬름 마이스터의 수업시대』는 교양소설인 동시에 인식소설이기도 하다. 주인공 자아가 세계를 인식하는, 그래서 독자 자아도 세계를 종합적으로 인식하게 되는 그런 인식소설 말이다.

하지만 독일 소설의 세계적 기여를 묻는다면, 일단 교양소설을 말해야 할 것이고, 교양소설이라 하면 무엇보다도 먼저 괴테의 『빌헬름 마이스터의 수업시대』부터 논의해야 하는 것은 물론이다. 시대소설, 인식소설 운운은 그다음에 저절로 나타나는 이 괴테적 교양소설의 부차적 면모들일 터이다.

이를테면, 위에서 잠시 언급한 김원일의 『늘푸른 소나무』를 읽거나 연구하는 데에도 『빌헬름 마이스터의 수업시대』에 대한 이와 같은 종합적 인식은 큰 도움이 될 것이다.

III. 『빌헬름 마이스터의 편력시대』
— 『수업시대』의 특이한 속편

1. 『수업시대』와 『편력시대』의 불일치점

『빌헬름 마이스터의 수업시대』란 제목 자체가 이미 이 소설에는 속편(續篇)이 있을 수 있는 가능성을 암시하고 있다. 왜냐하면, 독일의 전통적 도제(徒弟, 기능공) 양성제도에 의하면, 어느 명장(名匠) 밑에서 '수습공' 과정을 끝낸 사람은 도제로서의 직업을 영위하기 이전에 다른 지역들의 명장의 기술을 아울러 배우기 위해 전국 각지를 '편력'하게 되어 있기 때문이다. 사실, 괴테도 쉴러에게 보내는 1796년 7월 12일자 편지에서 『빌헬름 마이스터의 수업시대』의 속편을 써볼 "생각과 의욕"[13]을 갖고 있다고 술회한 바 있다.

그러나 여러 단계의 집필 및 수정 과정을 거쳐 1829년에 최종적으로 『빌헬름 마이스터의 편력시대 또는 체념하는 사람들』(Wilhelm Meisters Wanderjahre oder die Entsagenden)이라는 제목으로 출간된 새 소설은 언뜻 보기에 도대체 『수업시대』 이후의 빌헬름 마이스터의 삶의 도정을 그리고 있기나 한 것인가 하는 의문이 들 정도로, 편지와 일기, 갖가지 에피소드와 단편소설들, 서고에서 취집한 문서들, 편집자의 주석과 잠언 등등 온갖 불균질적 텍스트들을 한데 모아놓은 기이한 "집성암"(集成岩, Aggregat)[14] 같은 인상을 준다.

하기야 여기서도 주인공 빌헬름 마이스터의 개인적 이야기가 계속 이어지지 않는 것은 아니다. 『수업시대』의 끝에서 이미 암시된 대로 빌헬름은 이제 아들 펠릭스를 데리고 편력의 길을 떠나는데, 이 도정에서 그는 탑의 모임이 원격 조정하는 대로 여러 상이한 인물들을 만나게 되고 여러 새로운 삶의 영역들을 관찰하고 직접 체

13 Goethes Werke, H. A., Bd. 7, S. 648: "Idee und Lust".

14 Flodoard von Biedermann (Hrsg.): Goethes Gespräche, Leipzig 1910, Bd. 4, S. 217 (Gespräch mit Kanzler von Müller am 18. Februar 1830).

험할 기회를 얻는다. 그러다가 결국에는 '체념하는 사람들'의 공동체에서 유능한 구성원으로 활동할 수 있으려면 무엇인가 한 가지 기술을 익히는 것이 좋겠다는 것을 깨닫고 구급의로서의 수업을 마치게 되는데, 그 의술의 혜택을 처음으로 누리게 되는 것은—자신의 젊음과 체력을 과신한 나머지—말을 타고 급히 달리다가 강물에 빠져 죽음의 문턱에 이르게 된 아들 펠릭스이다.

이로써 『수업시대』의 빌헬름이 연극배우로서의 길을 가던 끝에 '탑의 모임'으로부터 인생 수습생으로서의 '수업증서'를 받은 뒤에 궁극적으로 택하게 되는 직업이 구급의라는 사실까지는 분명해졌다. 하지만 『수업시대』를 이미 읽은 독자는 그 속편 『편력시대』에서는 당연히 빌헬름과 나탈리에의 새로운 삶이 전개되리라는 기대를 갖게 될 터인데, 막상 『편력시대』라는 책을 펼쳐 든 독자는 주인공 빌헬름의 삶과 직접적으로는 무관하게 여겨지는 여러 복잡한 텍스트들과 언뜻 보기에 빌헬름의 인생 도정과는 상관없는 듯 보이는 여러 독립된 이야기들과 마주치게 된다.

범인은 천재한테서 실수와 흠결을 발견해 내기를 좋아한다. 『편력시대』를 읽으면서 『수업시대』와 모순되는 사실들을 찾아보는 독자들의 심사에도 조금은 이런 범용성이 숨어 있지 않을까 싶다. 그러나 작품 제목이 『빌헬름 마이스터의 편력시대』라고 붙여져 있는 한, 독자는 이 소설의 크고 작은 사건들에 접할 때마다 일단 한번은 『수업시대』와 연결시켜 보게 되고 여기서 어쩔 수 없이 두 소설 사이의 불일치점 내지는 모순점을 상당수 발견하게 된다.

우선, 『수업시대』에서 빌헬름이 최종적으로 획득한 행복 자체를 상징하고 있는 인물인 나탈리에의 역할과 비중이 『편력시대』에서는 너무나 미미하다. 나탈리에는 이제 빌헬름이 자신의 편력의 도정과 그때마다의 체험을 글로 써서 보고하는 편지의 수신자에 머물고 있으며, 소설의 후반부로 갈수록 그녀에 대한 언급조차 점점 더 뜸해진다. 비록 '체념하는 사람들'의 모임이라는 사실을 인정한다 하더라도, 『수업시대』에서 예고된 결혼이 『편력시대』의 종국에 가서도 아직 이루어지지 않는데다 나탈리에가 빌헬름보다 한발 먼저 미국으로 떠났다는 언급으로써 그들의 재회를 미국 땅이란 유토피아에서 이루어질 것으로 다시 미루어 놓고 있는 것도 독자에겐 못내 아쉬운 점이 아닐 수 없다.

또한, 탑의 모임의 핵심인물인 로타리오와 신부도 『편력시대』에 들어와서는 지나치게 배경으로 밀려나 버린 인상이고, 야르노가 몬탄으로 변신한 모습이라든가, 헤르질리에에게 이끌리던 소년 펠릭스가 그녀를 격정적으로 포옹하려는 청년 펠릭스로 변모하는 과정도 독자에게는 그다지 실감 있게 다가오지 않는다.

빌헬름이 어린 시절에 겪은 결정적 체험이라 한다면 『수업시대』의 독자들은 누구나 빌헬름이 인형극에 탐닉한 사실을 인상 깊게 기억할 것이다. 그런데 『편력시대』에서 빌헬름이 '어부소년'(Fischerknabe)과의 우정과 사별(死別)의 에피소드를 "어린 시절에 관한 아주 오래된 이야기들 중의 하나"(eine der frühsten Jugendgeschichten)[15]로서 보고하는 대목은—빌헬름이 구급의 수업을 하도록 만들기 위해서 꼭 필요한 장치라는 점은 이해가 되지만—『수업시대』에서 출발한 독자들은 빌헬름한테 이런 충격적인 주요 체험이 또 있었던가 하고 다소 놀라워하지 않을 수 없다.

『수업시대』에서는 범용한 소시민의 인상을 주던 마이스터 노인이 『편력시대』에서의 빌헬름의 회고에서는 종두(種痘)와 의료혜택의 대중화, 그리고 죄수들에 대한 보다 인간적인 대우 등 "보편적 선의의 전파"(Verbreitung des allgemeinen guten Willens)[16]를 위해 노력하는 자유주의적 교양시민의 풍모를 보이고 있는 것도 『수업시대』와 『편력시대』 사이에서 발견되는 사소한 불일치점들 중의 하나이다.

천재의 작품이라도 사소한 결점을 지니기 마련이다. 『수업시대』를 완간했을 때의 괴테는 47세였으나 『편력시대』를 완간했을 때의 괴테는 이미 78세였음을 감안한다면, "노령에 기인한 실수의 흔적들"(Spuren der Altersschwäche)[17]쯤은 너그럽게 보아줄 만하다. 사실 괴테는 훗날의 토마스 만처럼 한 작품의 내적 완결성을 집요하게 추구할 만큼 충분한 시간적 여유가 없었을 뿐만 아니라, 그의 성격으

15 Goethes Werke, H. A., Bd. 8, S. 269.

16 Ebda., S. 279.

17 Ehrhard Bahr: Wilhelm Meisters Wanderjahre oder die Entsagenden. Entstehungsgeschichte und Textlage, in: Goethe-Handbuch, Bd. 3: Prosaschriften, hrsg. v. Bernd Witte u. a., Stuttgart/Weimar 1997, S. 186-231, hier: S. 218.

로 볼 때에도 작품의 전후 문맥에 나타나기 마련인 사소한 흠결 따위에는 그다지 괘념하지 않은 듯하다.

2. 『수업시대』와 『편력시대』의 큰 공통점

『수업시대』와 『편력시대』는 이와 같이 서로 맞지 않은 점을 적지 않게 지니고 있어서 언뜻 보기에는 서로 별 연관성도 없는 별개의 소설로 보일 수도 있다.

그러나 여기서 우리가 상기해야 할 것은 『빌헬름 마이스터의 연극적 사명』과 『수업시대』 사이에도 이미 상당한 내용적 불일치 내지는 문체적 단절이 있었고, 소설 『수업시대』 자체 내에서도 제6권을 전후하여 중대한 내용적·문체적 불일치가 있다는 사실이다. 빌헬름에게 '사명'(Sendung)이었던 '연극'이 '잘못 접어든 길'(Irrweg)로 인식되는 변화는 제7권에서 너무나 신속하고도 급작스럽게 일어난다. 빌헬름이 연극의 세계를 등지고 '탑의 모임'으로 가게 되는 변화는, 유명한 괴테 연구가 콘라디도 지적하고 있듯이, 놀랍도록 "급격하고 단호하다"(rasch und entschieden).[18]

독자를 상당한 당혹감에 빠지게 하는 이런 급격한 변화가 필요했던 이유는 무엇일까? 우리는 그동안에 현실을 보는 시인 괴테의 시

18 Karl Otto Konrady: Goethe. Leben und Werk, 2. Bd.: Summe des Lebens, Frankfurt am Main 1988, S. 146: "Erstaunlich, wie rasch und entschieden Meister die Abkehr von der Theaterwelt vollzieht".

각이 달라졌고, 이런 시각의 변화가 근본적으로 시대의 변화, 구체적으로 말하자면 프랑스혁명의 체험과 무관하지 않으리라는 데에서 그 이유를 찾을 수밖에 없다.

『수업시대』의 주된 개작 시기는 1791년과 1794년인데, 이 점을 감안한다면 이 소설은 프랑스혁명(1789)의 영향을 직접적으로 받은 시기에 쓰이어진 작품이며, 『연극적 사명』에 바탕을 둔 그 틀 자체 때문에 아직은 프랑스혁명의 체험을 작품 속에 차분히 소화해서 기록할 수 있는 마당이 못 되었음에도 불구하고 『수업시대』의 제7권과 제8권에서는 도처에 프랑스혁명으로 인해 제기된 시대적 문제, 특히 "귀족계급과 시민계급 간의 근본갈등의 가능한 해결책"(mögliche Lösung des Grundkonflikts zwischen Adel und Bürgertum)[19]을 모색한 흔적을 찾아볼 수 있다.

우선 개혁귀족 로타리오가 귀족으로서의 특권 중 일부를 자진해서 포기함으로써 자기 영지 내의 농민들에게도 혜택이 가도록 하고 "지식의 증대와 진보하는 시대가 우리에게 가져다주는 이익"(Vorteile …, die uns erweiterte Kenntnisse, die uns eine vorrückende Zeit darbietet)[20]을 자기와 함께 일하고 자기를 위해 일하는 농민들과 나누겠다는 것이 이미 프랑스혁명과 무관하지 않은 발상으로 보이고, 경직된 세습 제도의 틀 안에 묶여 있는 "봉토(封土)라는 속임수"(das Lehens-

19 Ebda., S. 155.
20 Goethes Werke, H. A., Bd. 7, S. 430.

Hokuspokus)[21]의 족쇄를 풀어 귀족에게도 토지를 생산적으로 활용할 수 있는 권한을 주어야 한다는 생각, 그리고 귀족도 국가에 응분의 세금을 내어야 한다는 생각 등이 또한 그러하다. '탑의 모임'이 괴테에 의하여 제시된 "프랑스혁명에 대한 대안"(Alternative zur Französischen Revolution)[22]으로 이해되기도 하는 이유는 바로 이 때문이다. 로타리오가 처남이 된 빌헬름에게 '동맹'을 제안하는 것[23] 또한 귀족계급과 시민계급의 동맹으로 확대 해석될 수 있을 것이다.

사실 프랑스혁명은 괴테로 하여금 이미 '수업시대'를 마친 빌헬름을 다시 큰 여행의 길에 오르게 하고 편력의 길을 떠나도록 만들지 않을 수 없는 숨은 동인이 아닐까 싶다.

『편력시대』에서 빌헬름이 찾아가게 되는 나탈리에의 '외종조부'(Oheim)의 저택과 장원에서도 우리는 변화된 시대에 대처하여 괴테가 그동안 새로이 생각해낸 삶의 모습과 바람직한 사회조직, 사회복지 시설과 제도 등에 접하게 되는데, 이것은 "베카리아와 필란지에리의 시대"(die Zeit der Beccaria und Filangieri),[24] 즉 낡은 형법과 억압적 사회제도를 개혁하려던 계몽주의적·박애주의적 시대의 정신적 유산으로서 직접·간접으로 모두 프랑스혁명과 관련이 있는 것이

21 Vgl. ebd., S. 507.

22 E. Bahr (Hrsg.): Erläuterungen und Dokumente. Wilhelm Meisters Lehrjahre, S. 175.

23 Vgl. Goethes Werke, H. A., Bd. 7, S. 608.

24 Goethes Werke, H. A., Bd. 8, S. 66. Cesare Beccaria와 Gaetano Filangieri는 이탈리아의 계몽주의적·개혁적 법학자들로서, 법학을 전공한 괴테는 사형 및 고문의 폐지, 그리고 가톨릭 교회의 지나친 사회적 영향력에 대한 견제 등 이들의 개혁적 아이디어들을 숙지하고 있었던 것으로 보인다.

며, 이 점에서 볼 때에는 『편력시대』가 영락없이 『수업시대』의 —특히 그 제7권과 제8권의— 연장선상에 놓여 있다 하겠다.

또한, 여기서 괴테는 19세기 초반부터 서서히 밀려오는 산업화의 조짐들까지도 —만약 『편력시대』가 『수업시대』와 마찬가지로 당대의 삶에 대한 진지한 모색과 성찰의 책이 되어야 한다면— 이 작품 속에 수용할 필요성을 느끼게 되었을 것이다. 그리고 또한 괴테가 이 소설에서 프랑스혁명과 산업혁명 이후에 전개되는 새로운 시대의 삶의 문제를 총체적으로 다루려 했다면, 빌헬름과 나탈리에라는 두 인물을 에워싸고 있는 기존의 틀과 공간은 괴테에게는 이미 너무 협소하고 제한된 것으로 느껴졌을 수 있다. 『편력시대』에서 주인공 빌헬름의 이야기가 틀 줄거리의 얼개 정도로 밀려날 수밖에 없었던 까닭이 바로 여기에 있으며, "전통적 편지소설"(ein traditioneller Briefroman)[25]로서 계획된 『편력시대』가 내용과 형식에 있어서 큰 변화를 겪게 되고 『수업시대』와는 많은 불일치점을 노정할 수밖에 없게 된 원인도 바로 이렇게 변화된 시대적 사정에서 찾을 수 있을 것 같다.

정리해서 말하자면, 『수업시대』와 『편력시대』가 위에서 지적한 것처럼 사소한 불일치점들을 보이고 있는 것은 한 가지 일관성 내

25 Vgl. Ehrhard Bahr: Wilhelm Meisters Wanderjahre oder die Entsagenden (1821/1829), in: Goethes Erzählwerk. Interpretationen, hrsg. v. Paul Michael Lützler u. James E. McLeod, Stuttgart 1985, S. 363-395, hier: S. 367.

지는 큰 공통점에 기인한 것인데, 그것은 이 두 작품이 다 같이 당시 시대의 변화에 대한 괴테의 민감한 반응의 기록물이었기 때문이다.

3. '우주적 교양' 대신에 '전문화'에로의 '체념'

『편력시대』에서 전통적 소설 독자에게 가장 생경하게 느껴지는 것은 아마도 '레나르도의 일기'라는 이름하에 읽어야 하는 방적(紡績)과 직조(織造)에 관한 실용 산문들일 것이다.

> 물레에는 바퀴와 계기침이 있어서 바퀴가 한 바퀴씩 돌 때마다 용수철이 튀어올랐다가 물레가 100바퀴 돌 때마다 용수철이 내려온다. 그래서 100바퀴를 돈 수량을 한 꾸리라 부르는데, 이 한 꾸리의 무게에 따라 방사(紡絲)의 품질 등급들이 매겨지는 것이다.[26]

손기술과 기계에 관한 각별한 관심 때문에 레나르도가 일일이 기록했다는 이 실용 산문은 괴테가 작품에 넣기 위한 실제 기록을 많이 확보하기 위해 1810년에 하인리히 마이어에게 스위스의 가내공업에 관한 정보를 부탁한 결과 얻게 된 자료에서 유래한다.[27] 괴테의 이와 같은 노력은 물론 산업화와 현대화를 맞이하고 있는 19세

26 Goethes Werke, H. A., Bd. 8, S. 343.
27 Hierzu vgl. E. Bahr: Wilhelm Meisters Wanderjahre, S. 371f.

기 초의 산업현장을 작품 속에 생생하게 반영하기 위한 것이다. 늘 이렇게 깨어 있는 동시대인으로서 "신분제 사회로부터 현대 산업 사회에로의 과도기"(Übergang von der ständischen Gesellschaft zur modernen Industriegesellschaft)[28]를 체험한 만년의 괴테는 비단 정치적 문제뿐만 아니라 경제적 문제에까지도 눈을 돌림으로써 작품 속에 자기 시대를 종합적으로 반영하고자 하였으며, 소설 『편력시대』가 당대 독일 사회의 모습과 문제점을 총체적으로 반영하려면 다가오는 기술사회에서의 "교양의 역할과 과업"(die Rolle und Aufgabe von Bildung)[29]이 새로이 정의되어야 하고 다시 토의되어야 한다는 필요성에 직면했던 것이다.

말하자면, 노 괴테는 소설 『편력시대』에다 그가 직면한 새로운 시대에 합당한 '교양'과 바람직한 삶의 모습에 대한 새로운 제안을 담아내어야 했던 것이다. 『연극적 사명』에서는 '사명'이었고 『수업시대』에서도 아직은 '교양'의 발판으로서 간주되고 있었던 연극은 『편력시대』에서는 "용서할 수 없는 오류, 비생산적 헛수고"(ein unverzeihlicher Irrtum, eine fruchtlose Bemühung)[30]로까지 간주된다. 『수업시대』에서 높이 평가되던 개인의 구도자적 노력과 그에 필연적으

28 Henriette Herwig: Das ewig Männliche zieht uns hinab: "Wilhelm Meisters Wanderjahre". Geschlechterdifferenz, Sozialer Wandel, Historische Anthropologie, Tübingen und Basel 1997, S. 5.

29 Walter Beller: Goethes "Wilhelm Meister"-Romane: Bildung für eine Moderne, Hannover 1995, S. 133.

30 Goethes Werke, H. A., Bd. 8, S. 258.

로 뒤따르기 마련인 젊은 날의 방황은 『편력시대』에서는 더 이상 생산적인 체험이 아니라 "못 가도록 막아야 할 잘못된 길"(ein Abweg, der verhindert werden muß)[31]에 불과한 것이다. 『편력시대』에 나오는 실험적 교육시설인 '교육촌'(pädagogische Provinz)에서는 연극이 "한가로운 대중"(eine müßige Menge)[32]을 오도하는 "위험한 속임수"(gefährliche Gaukeleien)[33]로 간주되어 더 이상 설 자리가 없게 된다. "그가 무대 위에서, 그리고 연극 때문에 겪었던 고락"(was er auf und an den Brettern genossen und gelitten hatte)[34]이 모두 허망한 방황임을 인식한 빌헬름은 구급의(救急醫) 수업을 하겠다는 결단을 내리게 되며, 이것이 바로 『편력시대』의 빌헬름이 택한 '체념'(Entsagung)에의 길이다.

『수업시대』에서 추구되던 '우주적 교양'(Universalbildung) 대신에 『편력시대』에서는 이제 '전문화'(Spezialisierung)에로의 '체념'이 시대적 과제로 등장한 것이다. 전인적 인격의 계발이라는 『수업시대』에서의 높은 이상이 포기되는 대신에 『편력시대』의 빌헬름 마이스터는 구급의로서 자신을 전문화하여 분업화되어 가는 사회 내에서 자신을 유용하게 만드는 것이다. 이와 같은 '전문화'와 '체념하는 사람들'의 관계 및 그 의의는 나탈리에에게 쓰고 있는 빌헬름의 다음과

31 K. O. Conrady: a. a. O., S. 525.
32 Goethes Werke, H. A., Bd. 8, S. 256.
33 Vgl. Goethes Werke, H. A., Bd. 8, S. 257: "Solche Gaukeleien fanden wir durchaus fefährlich und konnten sie mit unserm ersten Zweck nicht vereinen."
34 Goethes Werke, H. A., Bd. 8, S. 257.

같은 편지에도 잘 나타나 있다.

> 당신들이 추진하고 있는 그 큰 사업에서 나는 모임의 한 유용한 구성원, 없어서는 안 될 구성원으로서 나타나 당신들이 가는 길에 상당한 확신을 갖고서 합류할 것이오. 내 자신이 당신들과 어울릴 만한 가치가 있다는 어느 정도의 자긍심 — 이건 정말 칭찬할 만한 자긍심이오 — 을 가지고서 말이오.[35]

『수업시대』에서 시민계급 출신의 한 청년 빌헬름이 귀족 나탈리에와 어울릴 만한 가치가 있기 위해서 필요했던 것이 '교양'이었다면, 이제 『편력시대』에서 필요한 것은 자신을 전문화함으로써 분업화되어 가는 사회 내에서 자신을 유용한 구성원으로 만드는 것, 즉 전인적 교양을 포기하고 한 가지 기술을 익혀 공동체에 봉사하기로 '체념하는' 자세인 것이다.

4. 열린 형식의 현대적 소설 『편력시대』

『수업시대』에서 추구된 '교양'이 변화된 사회 속에서 더 이상 확고부동한 가치를 지닐 수 없음을 인식한 노 괴테는 『편력시대』에서는 지나간 프랑스혁명과 다가오는 산업혁명을 둘러싼 "시대의 경향

35 Ebda., S. 283.

들"(die Tendenzen der Epoche)[36]을 의식적으로 수용함으로써 소설의 리얼리티를 확보하려 한 것으로 보인다.

그러나 새 시대의 복잡하고도 다원화된 삶을 현실성 있게 묘사하기 위해서는 전통적 형식의 탈피 내지는 그것과의 결별도 필요했다. 대개의 독자들은 "예술적 통일성"(künstlerisch[e] Einheit)[37]이라는 전통적 생각에 얽매여 소설 『편력시대』의 전체적 통일성을 찾아내고자 노력하기 마련이지만, 실은 이런 통일성을 찾으려는 노력 자체가 괴테의 현대성을 간과하고 낡은 형식에 습관적으로 안주하려는 태도일 뿐이다. "난관에 처한 조국이 '기계'와 새 경제체제가 지배하게 될 미래 사회를 향해 가게 될 발전경로를 정당하게 그려내려고"(den Entwicklungsweg des schwierigen Landes in die Zukunft des 'Maschinenwesens' und einer neuen Ökonomie gerecht aufzunehmen)[38] 노력하는 『편력시대』의 괴테는 그의 문학이 비정치적·비사회적이라는 지금까지의 통념과는 매우 다른 모습의 괴테이며, 여기서 우리는 개체적 "발전소설 『수업시대』"(Entwicklungsroman *Lehrjahre*)"가 [사회적] "발전소설 『편력시대』"(Entwicklungsroman Wanderjahre)[39]로 변모하게 되었다는 레오 크로이처의 견해에 동의하지 않을 수 없게 된다.

36 K. O. Conrady: a. a. O., S. 515.

37 Ebda.

38 Leo Kreutzer: Literatur und Entwicklung. Studien zu eier Literatur der Ungleichzeitigkeit, Frankfurt am Main 1989, S. 32.

39 Ebda.

『편력시대』가 형식적으로 불안정하고 미흡하게 보이는 근본원인은 『편력시대』의 초판(1821년판) 제11장의 '막간의 말'(Zwischenrede)에서 서술자도 고백하고 있듯이 소설의 내용을 이루고 있는 요소들의 '불균질성'(Heterogenität)에 있다. "동종의, 또는 모순되는 성분들이 뒤섞여 있는 혼성암과도 같은 형식과 내용의 다양성이 아주 근본적으로 『편력시대』의 특징과 모습을 규정하고 있다"(Ein Vielerlei an Formen und Inhalten, ein Konglomerat gleichartiger wie gegensätzlicher Bestandteile bestimmt ganz wesentlich Charakter und Erscheinungsbild der Wanderjahre)[40]는 에르하르트 마르츠의 인식도 이와 같은 서술자의 고백과 맥을 같이하고 있다.

1829년에 나온 『편력시대』의 최종판은 결국 『수업시대』와는 아주 달리 일종의 '서고소설'(Archivroman)의 형식을 취하면서, 편집자(Redakteur)가 서고에 소장되어 있는 각종 자료들을 취사선택하고 적당한 곳에 배열해 나가면서, 독자들에게 '체념하는 사람들'의 다양한 삶의 모습을 보여주는 형식으로 되어 있으며, 따라서 내용적으로도 "서로 매우 다른 개별 내용들의 결합체"(Verband der disparatesten Einzelheiten)[41]를 이룰 수밖에 없다. 괴테 자신도 『편력시대』의 이러한 형식적 개방성을 분명히 의식하고 있었다. "이런 종류의 작품은

40 Ehrhard Marz: Nachwort, in: Johann Wolfgang Goethe: Wilhelm Meisters Wanderjahre oder Die Entsagenden, Urfassung von 1821, Bonn 1986, S. 229-245, hier: S. 231.

41 Goethes Brief an Rochlitz, 28. Juli 1829. Hier zit. nach E. Bahr: a. a. O., S. 388.

… 다른 작품보다 더 많이, 각자가 자기에게 알맞은 내용을 받아들이는 것을 허용하고 있고, 사실은 그렇게 하도록 요구하고 있기까지 합니다"(eine Arbeit, wie diese, … erlaubt, ja fordert mehr als eine andere daß jeder sich zueigne was ihm gemäß ist)[42]라는 괴테의 말은 독자가 통일성의 결여라는 『편력시대』의 형식적 문제점을 어떻게 대해야 하는가를 시사하고 있으며, 또한 『편력시대』의 이러한 열린 형식이야말로 작품의 최종 해석을 독자에게 맡기고 있다는 점에서 매우 현대적이라 할 만하다.

> 우리의 경험들 중 많은 것은 입 밖에 내어 잘 말할 수 없고 직접 전달을 하는 것도 잘 되지 않기 때문에 오래 전부터 나는 서로 마주 놓여져 있는 거울의 상(像), 말하자면 서로 내면을 반사한다고 할 수 있는 거울의 상(像)들을 통해 비밀스러운 의미를 주의 깊은 사람에게 제시해 주는 방법을 택해 왔습니다.[43]

물론 『편력시대』에서 꼭 무슨 비밀스러운 해답이 계시되고 있다는 말은 아니다. 그러나 이를테면 '체념'에 대해서 말하더라도 그 의미를 직접 서술 또는 묘사하는 것이 아니라, '체념'의 여러 모습들을 —마치 거울을 양쪽에 놓아두었을 때처럼— 서로 반사투영

42 Ebda.
43 Goethes Brief an Carl Jacob Ludwig Iken v. 27. September 1827.

시킴으로써 그 깊은 뜻을 주의 깊은 독자들에게 복합적으로 암시해 주는 방법을 택하고 있다는 것이다. 삶의 모습을 이렇게 다각적·총체적으로 보여주기 위해서 괴테는 아마도 『편력시대』와 같은 새롭고 특이한 소설형식을 필요로 했을 것이며, 이런 의미에서 아마도 이 소설은 수수께끼를 풀어나가듯 읽어야 할 "노 괴테의 위대한 적요집(摘要集)"(ein großes Kompendium des alten Goethes)[44]이라 할 만하며, 여기에서 우리는 괴테가 자신의 뒤에 나타날 다양한 형태의 현대소설들을 이미 부분적으로 선취하고 있다고도 볼 수 있을 것이다.

5. 맺는말

『편력시대』는 『수업시대』의 속편인가? 그렇다. 『편력시대』는 『수업시대』의 속편이긴 하다. 그러나 『편력시대』는 1796년에서 1829년 사이의 변화된 시대에 대한 시인 괴테의 민감한 반응의 산물이기 때문에 『수업시대』의 단순한 속편으로 머문 것이 아니라 '특이한 속편'이 될 수밖에 없었다 하겠다. 『편력시대』는 노 시인 괴테가 변화된 시대를 맞이하여 삶을 새로이 정의하고 그런 삶의 방법과 모습을 새로이 모색하기 위해 새로운 소설 형식을 탐구한 결과일 뿐, 그래도 결국에는 『수업시대』의 속편이라 할 수밖에 없다.

44 K. O. Conrady: a. a. Q., S. 531.

『수업시대』 역시 그 나름대로는 자기 시대의 삶에 대한 진지한 모색과 성찰의 책이 아니던가 말이다.

6. 괴테적 '체념'에 대한 여론(餘論)

여기서 조금 여유를 부려, 『편력시대』의 부제에 나오는 '체념하는 사람들'(die Entsagenden)에 대해서 사족(蛇足)을 달아 보자면, 괴테가 말하는 '체념'(Entsagung)이란 개념은 우리말에서의 '체념'(諦念)의 의미와 다소 다르다는 사실을 여기에 언급해 두고 싶다.

우리말에서 '체념'이라 할 때에는 어떤 철학적 생활태도를 지칭할 수 있는 것은 마찬가지지만, 일반적으로 '포기'나 '단념'의 의미가 매우 강한데, 이 개념은 괴테한테서는 '포기'나 '단념'을 하고난 다음의 어떤 현명한 사회적 적응의 태도를 지칭하고 있다고 생각하는 것이 좋을 것 같다. 오랫동안 괴테의 문학을 연구해 온 원로 독문학자 최두환 교수는 한국 독문학도들의 스터디그룹의 하나인 괴테독회에서, 괴테의 'Entsagung'은 차라리 공자의 '극기복례'(克己復禮)에 가까운 것이라고 말한 적이 있다. 주지하다 시피 '극기복례'란 유가의 주요 개념으로서 논어의 안연편에 나오는데, 인간이 자기의 욕심을 억제함으로써 자신을 이기고, 예(禮)로 되돌아온다면, 천하가 다 인(仁)으로 복귀할 것[45]이라는 공자의 말에서 유래한다. 물론, 우리는

45 논어 안연편(顔淵篇) 참조: "顔淵問仁. 子曰 '克己復禮爲仁, 一日克己復禮 天下歸仁焉. 爲仁由己, 而由人乎哉.' 顔淵曰 '請問其目'. 子曰 '非禮勿視, 非禮勿聽, 非禮勿言, 非禮勿動.' 顔淵曰 '回雖不

노 괴테의 텍스트에서 'Entsagung'이나 'entsagen'이란 말이 나올 때마다 '극기복례'로 번역할 수는 없겠지만, 그때마다 '극기복례'라는 동양의 지혜를 한번쯤 연상해 보는 것은 좋을 것 같다. 왜냐하면, 빌헬름 마이스터가 『편력시대』에 들어와서 '체념'을 하고서, '구급의'로서 새로운 분업사회의 일원으로 거듭나는 것이야말로 괴테의 '체념'이 우리말의 '체념'보다는 보다 덜 비관적인 '절제'(節制)에 가깝다는 사실의 방증이 될 수 있기 때문이다. 그렇다고 'Entsagung'을 바로 '절제'로 번역하지 않는 이유는 '절제'는 '체념'보다 철학적 깊이의 뉘앙스가 없이 좀 건조한 어감을 주기 때문이다.

뜻밖에도 여기서 공자를 언급함으로써, 괴테의 이해에 다소 혼선을 야기하지 않았기를 바랄 뿐이다. 사실, 괴테는 번역서들을 통해 공자를 어느 정도 알고 있었으며, 그의 작품에서도 희미하게나마 공자와의 교감의 흔적이 엿보이기도 한다. 이를테면, 『수업시대』의 제6권 「아름다운 영혼의 고백」의 끝 무렵에 '아름다운 영혼'은 다음과 같이 쓰고 있다.

> 나는 어떤 계명도 더 이상 기억하지 못하며, 내게 율법의 형태로 나타나는 것은 더 이상 아무것도 없다. 나를 이끌되 언제나 올바르게 인도하는 것은 어떤 본능이다. 나는 내 마음이 원하는 대로 자유롭게 따른

敏 請事斯語矣'".

다. 그런데도 제한이나 후회 같은 것은 전혀 느끼지 않고 있다.[46]

여기서, 빌헬름 마이스터보다 한 세대 앞선 여성 '아름다운 영혼'은 자신이 마침내 도달한 인생의 경지를 서술하고 있는데, 그녀는 자신이 더 이상 "계명"이나 "율법"을 생각하지 않고 본능이 시키는 대로 움직여도 행동이 결과적으로 올바르게 되고, 자기 마음이 원하는 대로 자유롭게 따라 가더라도, "제한"이나 "후회"를 전혀 느끼지 않는다고 고백하고 있는 것이다. 이 말에서, 동양의 지성인이라면 누구나 공자가 나이 70에 도달하게 되었다는 경지, 즉 "마음이 시키는 대로 따르더라도 법도에 어긋남이 없다"[47]라는 말을 연상하게 될 것이다.

괴테가 공자의 이 말을 익히 알고서 이런 구절을 쓴 것인지는 분명하지 않으며, 이에 대해서는 앞으로 보다 심도 있는 연구가 필요하다.

아무튼 괴테는 만년에 이르러 페르시아 등 오리엔트는 물론이고 일본과 중국에 대해서도 큰 관심을 가지고 공부하였으며, 또 그 결과를 그의 여러 작품 속에다 반영하고 있다.[48]

46 Goethes Werke, H. A., Bd. 7, S. 420.
47 논어 위정편(爲政篇) 참조: "七十而從心所欲而不踰矩".
48 예컨대, 페르시아에 관해서는 "West-östlicher Divan" (1819), 일본에 관해서는 "Gingo biloba" (1815), 중국에 관해서는 "Chinesisch-deutsche Jahres- und Tageszeiten" (1830) 참조.

7. 한국에 대한 괴테의 관심

여기서 문득 제기되는 물음은 괴테가 한국에 대해서도 관심을 가졌을까 하는 것이다. 일단은 그런 증거가 있는데, 1818년 7월 7일자 괴테의 일기에 다음과 같은 짧고 종잡을 수 없는 메모가 남아 있는 것이 바로 그 증거이다.

> "식사 후 궁정고문관 쉴러 부인. 홀. 한국 서해안 여행."(Nach Tische Frau Hofrath Schiller. Hall Reise nach der Westküste von Corea.)

이 메모를 분석해 보면, 식사 후 쉴러 부인을 접견한 다음, 홀이란 사람의 『한국 서해안 여행』이란 책을 읽었다는 의미로 짐작되는데, 연이어 홀이란 사람이 누구이며 이것이 과연 어떤 책일까 하는 의문도 생겨난다. 필자가 조사해 본 결과, 홀(Basil Hall)이란 사람은 영국의 해군 장교로서 1816년에 동인도회사의 요청을 받고 중국 천진항으로부터 배를 타고 한국 서해안과 유구열도를 탐험했으며, 귀국 후 그는 1818년에 "한국 서해안 및 대유구국 탐험여행에 대해서"[49]라는 책을 출간한 것으로 드러났다. 필자가 2006년 7월 바이마르의 아나 아말리아 도서관에서 관계 문헌을 찾고 연구한 바[50]에

49 Basil Hall: Account of A Voyage of Discovery to the West Coast of Corea and the Great Loo-Choo Island with an Appendix, Royal Navy, London: John Murray, Albermarle-Street, 1818.

50 Vgl. Sam-Huan Ahn: Goethe und Korea, in: Goethe-Jahrbuch hrsg. v. der Goethe-Gesellschaft in Japan, 49 (2007), S. 23-37.

의하면, 괴테는 1818년 7월 7일에 이 책을 바이마르 도서관에서 대출했다가 7월 13일에 반납한 것으로 되어 있다.[51] 따라서 괴테는 이 책을 일주일 동안 집에 두고 읽었거나 적어도 이 책의 책장 정도는 넘겨 보았으리라는 추측이 가능하다.

문제는 이 책에서 소개되는 한국 서해안 탐험 내용의 대부분이 한국 서해안의 각 섬들이나 항구에서 홀 일행이 탄 선박의 입항을 완강히 거부하는 지방 관료들의 태도와, 호기심 때문에 그들 일행을 따라다니는 동네 아이들에 대한 보고 등에 머물러 있다는 데에 있다. 대청도(현재 옹진군 대청면)로 추정되는 곳에서는 주민들 중에서 몇 사람이 얼굴에 곰보 자국이 나 있었고, 머리를 땋아서 처녀들처럼 보이던 아이들이 실은 사내아이들로 드러났다는 기록도 보인다.[52] 농부들이 큰 나무 앞에 절을 하는 모습이 멀리서 관찰되었다는 등 주민들이 자연숭배를 하고 있는 것으로 해석될 수 있는 보고 내용도 들어있다.

또한, 이 책의 16쪽과 17쪽 사이에는 "한국의 상사(上司)와 그의 비서"(Corean Chief and his Secretary)[53]라는 색칠을 한 천연색 그림이 한 장 끼워져 있는데, 춘장대(春長臺, 현재 충남 서천군 서면)에서 담판하러

51 Elise von Keudell: Goethe als Benutzer der Weimarer Bibliothek. Ein Verzeichnis der von ihm entliehenen Werke, Weimar 1931, S. 184: Nr. 1148 (Entleihung: 7. Juli 1818; Rückgabe: 13. Juli 1818).

52 Cf. B. Hall: Account of A Voyage of Disvovery to the West Coast of Corea, p. 6f.

53 Published, Jan. 1. 1818 by John Murray. Albemarle Street, London; Drawn by Willian Havell, Calcutta, from a Sketch by C. W. Browne; Engraved by Robert Havell & Son.

온 지방관과 종이와 붓, 그리고 먹을 들고 그를 수행하고 있는 아전을 스케치한 것이다. 그런데 흥미로운 것은 스케치 단계에서 아전을 세밀하게 포착하지 못한 탓으로 아전을 '흑인'으로 그려놓은 점이다. 이것은 괴테연구와는 직접적 관련성은 없지만, 세계를 알고 이해하려던 제국주의 시대 영국인들의 실수 및 허점을 문화사적으로 증거하고 있는 희귀한 자료라고 생각된다. 이 책은 아직도 바이마르의 아나 아말리아 도서관에서 쉽게 대출해 볼 수 있으니, 이 방면에 관심 있는 학자들이 일차 마음을 내시기 바란다.

그야 어쨌든, 이 책에는 안타깝게도 순조 조(朝) 조선의 학문이나 문화를 알 수 있는 정보가 거의 없다. 만약 당시 조선인들이 서해안 탐험 길에 나섰던 홀 일행에게 조선의 학문 및 문화의 일단을 보여줄 수 있었더라면 얼마나 좋았을까. 그랬더라면, 동양문화를 향해 마음을 활짝 연 채 한국을 알고자 나섰던 괴테에게도 큰 기쁨을 선사했을 텐데 말이다. 아무튼, 일본과 중국에 이어 한국의 문화에 조금이라도 접근하고자 했던 괴테에게 이 책이 다소 실망을 안겨주었을 것이 분명하며, 이것은 오늘날 우리 한국인들을 위해서도 심히 애석하고 불행한 일이 아닐 수 없다.

정다산이 17년 동안의 귀양살이에서 풀려나기 한 달 전, 독일에서 괴테는 한국문화에 관한 정보를 찾다가 이렇게 실패하고 마는 것이다. 참으로 안타깝고 한스러운 우리 역사의 한 페이지라 하겠다.

Ⅳ. 『파우스트』
— 지식인 파우스트의 득죄와 영원한 여성성의 은총

1. 『파우스트』—어떤 작품인가?

한국에서 교양인이라면 괴테의 『파우스트』란 작품에 관해서 한번쯤은 들어봤을 것이다. 그러나 막상 이 작품을 끝까지 읽어본 사람은 그다지 많지 않을 것 같다. 그리고 설령 한번 읽어 보기로 큰 결심을 하고 일단 책을 손에 집어 들었다 해도 끝까지 읽지 못했다고 고백하는 선의의 독자가 의외로 많다. 왜 이런 현상이 생기는 것일까?

『파우스트』가 진정 세계명작이라면, 독자에게 왜 이렇게까지 친화성이 떨어지는 것일까?

이런 의문에 대해 한마디로 대답해 보자면, 이 작품이 인류의 모든 체험과 우리 인생의 모든 문제점을 포괄적으로 담고 있기 때문이다. 재미와 위안을 얻기 위한 문학작품으로서 이 작품을 손에 집어든 독자에게는 우선 이 작품이 너무 무겁다.

파우스트: 아, 지금까지 나는
철학, 법학, 의학을,
그리고 유감스럽게도 신학까지도,
뜨거운 노력을 기울여 철저히 공부했다.

그런데, 여기 서 있는 이 나는 가련한 바보,

전보다 똑똑해진 것 전혀 없구나!

석사에다 박사 칭호까지 달고서

학생들의 코를 위 아래로 비틀며

이리 저리 끌고 다녔을 뿐 —

우리 인간이 아무것도 아는 게 없다는 사실만 알겠구나!

이에 이 내 가슴 정말 타버릴 것만 같네.

(『파우스트』, 354-365행)

과연 현대의 어떤 독자가 철학, 법학, 의학에다 신학까지 공부한 파우스트의 현재 이런 처지에 공감할 수 있을 것인가?

파우스트는 자신이 우주의 철리(哲理)를 탐구하는 데에 실패하고 자신의 연구가 인생에 별로 도움이 되지 못한다는 무력감에 절망하여 자살하려는 순간, 악마 메피스토펠레스를 만나 이른바 '악마와의 계약'을 맺게 된다.

파우스트: 내가 어느 순간을 향하여,

'멈추어라, 너 참 아름답구나!' 라고

말한다면,

그땐 날 결박해도 좋다.

그땐 나 기꺼이 죽어가리라!

그땐 조종(弔鐘)이 울려도 좋다!

그땐 그대가 내 하인 노릇에서 풀려나는 순간이다.

(1699-1704행)

악마는 파우스트를 위해 봉사하되, 파우스트가 어느 순간을 향하여 "멈추어라, 아름답구나!"라고 만족감을 표하면, 그 순간, 악마는 파우스트의 영혼을 가져가도 된다는 것이 악마와의 계약의 주된 내용이다. 오늘날의 독자 중 누가 이런 파우스트적 고뇌에 빠져 있으며, 누가 과연 이런 계약에 서명까지 할 수 있을 것인가?

이런 데에 우선 공감의 어려움이 있다. 그러나 괴테가 말한 바와 같이, 모든 것이 비유이며, 상징이다. 이 작품으로 괴테는 자신이 살아온 인생 전체를 형상화해 놓았다 할 것이며, 이 작품을 읽는 사람은 지금까지 인류가 이룩해 놓은 모든 정신적 업적과 마주하게 된다. 내일 이 지구가 아주 멸망하게 되어 다른 별로 떠나가야 하되, 만약 책 한 권만 갖고 가는 것이 허락된다면, 과연 어떤 책을 갖고 피난을 갈 것인가 하고 묻는다면, 단연 괴테의 『파우스트』를 갖고 가겠다고 단언한 학자도 있다. 그의 설명인즉, 설령 이 세상에서 문학이 모두 멸실된다 해도, 괴테의 이 한 작품으로써 지금까지 지구상에 존재해 왔던 세계의 모든 문학을 어느 정도 재구성해 낼 수 있기 때문이라는 것이다. 문학의 모든 형식들, 즉 온갖 형식의 시, 희극, 비극, 익살극, 환상극, 그리스 합창극 등이 이 한 작품에 모두

망라되어 있고, 욥기에서 셰익스피어까지의 인류의 온갖 이야기들이 직접·간접으로 모두 포괄되어 있으며, 청년·장년·노년의 괴테의 체험이 모두 배어들어 있을 뿐만 아니라, 나아가서는 18세기 및 19세기 초의 유럽인들의 집단체험과 문화기억이 종합적으로 용해되어 있는 작품이라는 것이다.

이를테면, 현대 독일인의 일상대화에서도 『파우스트』의 구절들이 알게 모르게 곧잘 원용되고 있다. "교회는 배가 크고 소화력이 강하다"라고 말하면, 그것은 성직자들의 부패를 풍자하고 있는 『파우스트』의 한 구절에서 유래하고 있다는 사실이 이미 상식적으로 양해되고, 누군가가 '한 번 실수는 병가지상사(兵家之常事)'라는 의미로 "인간은 노력하는 한 과오를 범한다"라고 하면, 그것도 『파우스트』로부터의 인용이다. 또한, 누군가가 '파우스트적 인간'이라고 지칭될 때, 그는 드높은 이상을 지향하여 끊임없이 노력하는 인간형이라는 의미이며, 어떤 사람이 '파우스트적 양극성(兩極性, Polarität)'을 지니고 있다고 한다면, 그는 선과 악, 시민성과 예술성 등의 양극 사이에서 갈등을 겪는 가운데에 인격적 고양(高揚, Steigerung)을 지향하는 인간형이라는 말이 된다. 요컨대, 『파우스트』는 독일인들의 일상생활 속에 삼투·용해되어 현재까지도 실생활에서 작용하고 있는 작품이며, 우리 인간 일반에게도 인생의 보편적 의미를 되새기게 만드는 불후의 고전이다.

파우스트: 그 때문에 나는 마법에 몰두하였다.

정령의 힘과 입을 빌려
많은 비밀을 알 수 있을까 해서였다.
그렇게 되면, 더 이상 비지땀 흘려가며
나도 모르는 소릴 지껄이지 않아도 되고,
이 세계의 내밀한 핵심을 틀어쥐고 있는 게 무엇인지도
인식하게 될 테니 말이다.
(377-383행)

파우스트의 이 독백에서 알 수 있는 것은 그가 "이 세계의 내밀한 핵심을 틀어쥐고 있는 게 무엇인지 인식"하고자 한다는 것이다. 여기서도 알 수 있지만, 『파우스트』는 철학적 물음으로까지 주제를 넓힌 문학작품이다. 따라서 심심파적의 소일거리나, 인생에 대한 국지적 흥미를 찾고자 하는 독자는 이 작품을 끝까지 읽어내기 어려울 것이며, 인생 전체에 대한 총체적 조망을 원하는 독자에게 이 작품은 죽을 때까지 지워지지 않는 깊은 감명을 남길 것이다. 이 작품 내용 중 일부는 독자가 인생을 살아가면서 먼 훗날에야 비로소 그 깊은 의미를 깨닫게 되는 그런 구절도 많다. 따라서 이 작품의 진정한 완성은 독자가 삶을 살아나가면서 그 의미를 실감할 때, 비로소 이루어진다고 말할 수도 있겠다.

2. 전래된 파우스트 소재(素材)

파우스트란 인물이 괴테의 독창적인 창작 인물만은 아니다. 괴테의 『파우스트』가 쓰이기 약 2세기 전인 1587년에 구텐베르크 인쇄술에 의한 민중보급판(Volksbuch) 『파우스트 박사』가 전설 형식의 이야기책으로 출간되었는데, 그 내용인즉, 파우스트란 어느 오만한 인간이 신에 대한 경외심을 잃고 악마와 거래를 하던 중, 고대 신화에 나오는 미녀 헬레나를 현세로 불러내어 그녀와의 음행(淫行)의 결과로 아들을 낳는 등 온갖 독신행위(瀆神行爲)를 저지른 뒤에 마침내 끔찍한 천벌을 받고 지옥에 떨어진다는 권선징악적인 이야기, 기독교적 신앙심을 북돋우고자 하는 교훈적 이야기로 되어 있다.

이 책은 르네상스 이래의 근대의 여명기(黎明期)에 갖가지 이적(異蹟)을 보인 파라첼주스(Paracelsus) 등 초기 과학자들(의사, 물리학자, 화학자들)의 과학적 가설이나 학문적 성과를 악마와의 교류의 소산으로 폄하하고 그들을 종교적 이단자로 규정함으로써 과학자들의 독신행위에 대해 큰 경종을 울리기 위해 민중보급판으로 출간된 것이다. 독일의 이 전설이 영국의 르네상스 작가 말로(Christopher Marlowe, 1564-1593)에 의해 『파우스트 박사의 비극적 이야기』(The Tragical History of Doctor Faustus, 1589)로 작품화되고, 이 『파우스트』가 18세기 중엽에 영국의 유랑극단에 의해 다시 독일로 역수입되었으며, 이것을 유년시절의 괴테가 인형극으로 관람한 사실이 전기적 사실로 확인된다.

괴테 이전에 그의 한 세대 선배인 레싱도 파우스트 소재로부터 착안하여 『학자』라는 미완성 작품을 남겼는데, 레싱의 주인공 파우스트에서 특기할 점은 그가 결국에는 하느님의 은총을 받아 구제된다는 사실이다. 레싱의 이러한 아이디어는 독일문학사가들에 의해서 괴테의 『파우스트』에서의 구원의 모티프를 시대적으로 한 세대 앞서 선취한 독창적인 발상으로 높이 평가받고 있다.

그렇다고 해서 이 때문에 괴테의 『파우스트』의 독창성이 폄하되거나 과소평가되어도 좋은 것은 결코 아니다. 왜냐하면, 파우스트에게 은총이 베풀어지도록 한 괴테의 발상은 레싱의 아이디어를 단순 차용하는 차원을 넘어서서, 괴테 자신의 청년기의 삶 전체에 대한 가차 없는 자기반성과 자신의 인생에 대한 결산의 의미를 지니고 있기 때문이다.

3. 청년 괴테의 과오와 파우스트의 죄업

주지하는 바와 같이 『파우스트』는 제1부와 제2부로 되어 있고, 제1부는 다시 1) 학자 비극, 2) 그레첸 비극으로, 제2부는 3) 헬레나 비극, 4) 행위자 비극으로 크게 나누어질 수 있는데, 이 중에서 제1부의 학자 비극과 그레첸 비극에는 특히 청년 괴테의 삶이 직접·간접으로 용해되어 있다.

이를테면, 슈트라스부르크 대학 시절의 젊은 괴테가 시골의 청순한 아가씨 프리데리케 브리온을 버렸을 때, 시골 마을의 목사의 딸인 그녀가 겪었을 고통이 어떠했을지는 가히 상상할 수 있는 일이며, 괴테 역시 자신의 이 부도덕한 과오를 늘 의식하고 있었던 것으로 보인다. 베츨라에서 법률 시보로 일하던 괴테는 브란트라는 처녀가 아기를 낳아 살해·유기했기 때문에 영아살해범으로 형사 고발된 옛 사건의 기록에 접하게 되는데, 당시의 법에 의하면, 영아살해범은 예외 없이 중죄에 처하게 되어 있었기 때문에, 이 사건을 연구하던 괴테로서는 그 형벌이 지나치게 가혹한 점도 마음에 걸렸지만, 프리데리케를 버린 죄책감이 그의 마음속에 다시 되살아났을 것으로 추측된다. 시인 괴테의 이런 복잡한 심적 갈등을 통하여 생겨난 작품이 『파우스트』의 제1부, 즉 학자 비극과 그레첸 비극이라 할 수 있다.

파우스트가 원래 근대의 여명기에 출몰한 여러 과학자들의 전설적 화신이었기 때문에 괴테가 자신의 주인공 파우스트를 학자로 만든 것은 레싱의 『학자』가 아니더라도 충분히 납득이 가는 일이다. 그러나 전설에는 원래 고대 그리스 신화에 나오는 미녀 헬레나가 파우스트의 상대역이었는데, 괴테가 시민계급의 청순한 처녀 그레첸을 파우스트의 상대역으로 삼은 것은 앞으로 도래할 시민계급 시대를 생각할 때 획기적 발상이라 하겠으며, 또한 프리데리케 브리온을 버린 괴테 자신의 젊은 날의 체험과 그 때의 과오에 대한 죄책감이 그레첸 비극으로 승화된 것이라 볼 수 있기 때문에, 현대적 체험 문학의 선취라는 점에서도 큰 의미를 지닌다 하겠다.

4. 『파우스트』의 큰 구조—신과 악마의 내기

그레첸 비극에 들어가기 전에 먼저 잠시 짚고 넘어가야 할 것은 『파우스트』라는 작품이 '신과 악마의 내기'라는 큰 틀 속에서 전개되고 있다는 점이다.

메피스토펠레스: 내기를 할까요?
그 녀석을 살그머니 나의 길로 인도해도 좋다는
허락만 해 주신다면,
당신은 결국 그 녀석을 잃게 될 겁니다.
주님: 그가 지상에 사는 동안에는
네가 하는 짓을 금지하진 않겠다,
인간은 노력하는 한 과오를 범하니까.
(312-317행)

'천상에서의 서곡'에 나오는 신과 악마 사이의 이 대화는 욥기에 나오는 신과 욥의 내기를 연상시키는 것으로서, 파우스트의 '악마와의 계약'이 있기 전에 이미 천상에서 신과 악마가 합의한 내기라는 한 차원 더 높은 틀 안에서 파우스트의 새로운 삶이 전개되고 있음을 알 수 있다. 물론, 이 '천상에서의 서곡' 부분은 『파우스트』 제1부보다 훨씬 나중에 집필되긴 했지만, 제2부의 마지막에 파우스트가 구원을 받아 미리 천상에 가 있던 그레첸과 해후하는 장면과 서로 대응구조를 이루고 있는 고차원적 작품 구성이라 하겠다.

5. 학자 비극과 그레첸 비극

괴테가 처음 구상한 『파우스트』는 '학자 비극'과 '그레첸 비극'을 합한 제1부이며, 제2부와 '천상에서의 서곡'은 괴테의 만년에 추가된 것이다. 따라서 괴테의 『파우스트』를 올바르게 이해하는 데에는 우선 제1부의 내용과 구조를 살펴보는 것이 아주 중요하다.

제1부의 내용은 실은 아주 진부하고도 단순하다. 노학자 파우스트는 "이 세계의 내밀한 핵심을 틀어쥐고 있는 게 무엇인지 인식"[54] 하고자 하지만, 이런 그의 철학적 물음이 풀리지 않는데다 자신의 이런 연구가 이 세상을 위해 별로 도움이 되지 못한다는 무력감에 절망하여 자살하려 한다. 이렇게 비극적 상황에 처한 학자 파우스트에게 어느 날 삽살개의 모습으로 변장한 악마가 찾아온다. 이 악마와 계약을 맺고 그는 자기 영혼을 담보로 일단 젊음을 되찾는다.

이렇게 회춘한 파우스트가 젊은이로서 처음 만나게 되는 처녀가 바로 그레첸이다.

파우스트: 귀한 댁의 따님, 아름다운 아가씨! 제가 감히
이 팔을 내밀어,

54 『파우스트』, 382-383행 참조.

댁까지 모셔다 드려도 될는지요?

그레첸: 저는 귀한 집 딸도 아니고, 아름답지도 않아요.

바래다주시지 않아도 혼자 집으로 갈 수 있습니다.

(그녀는 파우스트가 내미는 손을 뿌리치고 가버린다.)

(2605–2608행)

그레첸은 자신이 "귀한 집 딸도 아니고, 아름답지도 않다"며 파우스트의 내민 손을 뿌리치고 가지만, 양민의 딸로서 소박하고 청순한 그녀는 귀공자같이 보이던 늠름한 청년 파우스트에게 호기심을 갖지 않을 수 없다. 바로 이 신분상의 차이를 두고 볼 때, 우리는 레싱의 시민비극 『에밀리아 갈로티』(Emilia Galotti, 1772)이래에 나타난, 또 하나의, 새로운 형태의 '시민비극'에 접하게 되는 것이다. 지금까지 비극의 주인공은 일반적으로 왕후(王侯)나 장상(將相)과 같은 군주 또는 귀족이었는데, 레싱의 『에밀리아 갈로티』에 이르러 비로소 시민계급의 처녀 에밀리아 갈로티가 비극의 주인공으로 등장하게 되는 것이며, 괴테의 『파우스트』의 초고가 1774년에 이미 쓰여진 것을 감안하면 레싱보다 불과 2년 뒤에 그레첸이란 시민계급의 처녀가 비극의 주인공으로 등장하는 것이다.

그레첸: (머리를 땋아 틀어올리면서)

오늘 그 양반이 누군지 알 수만 있다면

무엇을 내놔도 아깝지 않으련만!

매우 씩씩한 분 같았어!

그리고 분명 귀한 집 도련님일 거야!

그 훤칠한 이마를 보고 알았지.

그렇지 않다면 그토록 대담하게 나올 수가 없을 걸!

(방에서 나간다.)

(2678-2683행)

이렇게 이미 마음이 끌리고 호기심이 발동된 아가씨에게 파우스트의 선물 공세가 시작된다. 악마가 파우스트에게 지껄이는 다음과 같은 구절을 보면, 그레첸네 집의 고요하던 평화가, 악마가 몰래 갖다놓은 파우스트의 선물 때문에, 술렁이기 시작한 것을 미루어 짐작할 수 있다.

메피스토펠레스: 어미가 신부(神父) 한 놈을 집에 데려왔어요.

그 자는 연유를 다 듣기도 전에

그 물건을 보고 아주 좋아라 했습니다.

"아주 잘 생각하셨습니다!" 하고 신부가 말했지요.

"극기하는 자가 이기는 사람입니다.

교회는 튼튼한 위장을 갖고 있어서

여러 나라를 통째로 삼켰어도

아직 배탈이라곤 난 적이 없답니다.
숙녀님네들! 오직 교회만이
부정한 재물을 소화해 낼 수 있는 겁니다."
(2831-2840행)

선물을 발견하고 사악한 물건이라 판단하여 어머니와 함께 그것을 신부님께 바치기는 했지만, 그레첸은 파우스트를 몇 번 만나면서 마음의 평정을 잃고 혼란스러워할 뿐만 아니라, 자신도 모르게 파우스트에게 마음을 빼앗긴다.

그레첸: (물레에 홀로 앉아)
내게서 평안 사라지고
이 내 마음 천근같이 무겁네.
내 마음의 평화 더 이상,
두 번 다시, 찾을 수 없네.

그이가 안 계신 곳
내게는 무덤일 뿐
온 세상이 내게는
쓰디쓴 고해일 뿐.

불쌍한 이 내 머리
그만 돌아버렸고,
가련한 이 내 마음
산산조각 났구나.

내게서 평안 사라지고
이 내 마음 천근같이 무겁네.
내 마음의 평화 더 이상,
두 번 다시, 찾을 수 없네.

그이가 오실까
창밖을 내다보고
그이를 만날까
집밖으로 나가보네.

그이의 의젓한 걸음걸이
고귀한 그 모습
입가의 그 미소
날 사로잡는 그 눈빛.

내 마음 홀리는 그이의

자연스런 말솜씨

꼭 잡아주던 그 손,

그리고 아, 그이의 입맞춤!

(3374-3402행)

사랑에 빠진 그레첸은 욕망에 사로잡힌 파우스트의 권유로 수면제라면서 주는 약을 어머니에게 드림으로써 본의 아니게 어머니를 독살하고 파우스트의 아기를 갖게 된다.

리스헨: 베르벨헨에 관한 소문 아무것도 못 들었니?

그레첸: 아니, 못 들었어. 내가 사람들 모이는 곳에 잘 안 가잖아.

리스헨: 이건 사실이야, 지빌레가 오늘 내게 말해줬거든!

베르벨헨이 드디어 속았다는 거야.

고상한 척하더니만!

그레첸: 무슨 말이야?

리스헨: 탄로가 났어!

그 애가 이제부터는 두 생명을 위해 먹고 마신다는 말이지!

그레첸: 아!

(3544-3550행)

베르벨헨의 일이 남의 일이 아니라 바로 지금 자신의 경우이며,

자신이 사랑에 눈멀어 어머니와 오빠를 죽게 한 죄인이 되어버린 사실을 통감한 그레첸은 성모님께 기도를 올린다.

그레첸: 도와주셔요! 치욕과 죽음으로부터 절 구해주셔요!
갖은 고통 다 겪으신 성모님,
굽어 살피소서,
자비로운 눈길로 저의 고난을 굽어 살펴주소서!
(3616-3619행)

한편, 파우스트는 메피스토의 도움으로 그레첸의 어머니를 독살하고 결투를 통해 그레첸의 오빠를 살해하였으며, 그레첸을 욕망의 대상으로서 농락한 다음, 메피스토에 의해 마녀들의 세계로 인도되어 온갖 음행(淫行)에 몰두해 보지만, 목에 빨간 끈을 걸고 있는(교수형에 처해질 사형수를 암시!) 그레첸의 환영을 보게 되고, 자신의 진정한 사랑과 동경의 대상은 그레첸뿐임을 깨닫게 된다. 그는 메피스토에게 부탁해서 옥에 갇혀 있는 그레첸을 구원하러 간다. 하지만 그레첸은 메피스토의 인도로 옥을 함께 빠져나가자는 파우스트의 제안을 단연코 거절하면서, 자신의 죄를 달게 받겠다고 고집한다. 이에 파우스트는 할 수 없이 먼동이 트기 전에 메피스토를 따라 옥을 빠져나가는데, 이 순간 천상에서 "구원되었노라!"라는 하느님의 목소리가 들려오는 것으로 제1부가 끝난다. 여기서 "구원되었다"는 것은 물론 파우스트가 아니고 그레첸을 두고 하는 말로서, 그레첸의 인간적 과오에도 불구하고 그녀의 순정한 사랑이 하느님에 의해 용서받고 구원되었다는 의미이다.

이것이 『파우스트』 제1부의 대강의 줄거리라 하겠는데, 여기서 확연히 드러나는 것은 청년 괴테의 사랑의 체험과 거기서 연유하는 죄책감이 작품의 주요 모티프가 되어 있다는 사실이며, 영아살해범은 예외 없이 교수형에 처하던 중세 가톨릭교회 체제의 가혹한 형법에 대한 청년 법학도 괴테의 비판정신도 아울러 드러나고 있음을 알 수 있다.

6. 괴테의 인간적 성숙에 따른 제2부의 필요성

원래 『파우스트』란 작품은 제1부로 끝나게 되어 있었다. 만약에 제1부만으로 끝이 났다 하더라도 이 작품은 질풍노도기를 산 청년 괴테의 체험 문학으로서 독일문학사에 길이 남기는 했을 것이다. 그러나 『파우스트』가 인류의 보편적 체험이 용해된 세계문학의 귀중한 유산으로 인정받는 데에 이르게 되지는 못했을지도 모른다.

청년 괴테가 바이마르에서 장년 및 노년의 괴테로 성숙해 갔듯이 작품 『파우스트』도 시인의 연륜과 함께 성장해서 제2부를 추가하게 되었다고 말해야 할 것 같다. 제2부로서 추가된 내용이 무엇인가? 『파우스트』 제1부를 완성하고 이순(耳順)을 목전에 둔 괴테가 또다시 『파우스트』 제2부를 쓰게 된 것은 무엇 때문일까?

『파우스트』가 인생의 의미를 탐구하는 철학적 작품이라면, 학자 비극과 그레첸 비극만으로는 그 내용이 너무나 빈약하다. 게다가 그동안 괴테는 슈타인 부인을 비롯한 궁정의 귀부인들을 많이 사귀고, 특히 이탈리아 여행에서 돌아온 뒤에는 평민의 딸 크리스티네와 동거하게 되었다. 뿐만 아니라, 그는 공국의 온갖 크고 작은 정사(政事)에 관여함으로써 인간세사의 단맛과 쓴맛, 그리고 그 운행을 직접 체험하였고, 광물학 · 지질학 · 색채론 · 해부학 · 식물학 등 여러 자연과학 분야에서도 탐구를 계속해 왔으며, 이탈리아 여행을 통해 그리스와 로마의 고대문화에 대한 깊은 조예를 얻었으며, 시인으로서도 쉴러와 더불어 바이마르 고전주의 문학의 흥륭과 몰락(쉴러의 죽음: 1805)을 아울러 체험하였다. 이런 괴테의 인간적 성숙 과정이 『파우스트』 제2부에 반영되지 않았다면, 그게 오히려 이상한 일이 아니겠는가!

7. 헬레나 비극의 상징성

『파우스트』 제2부는 일단 헬레나 비극과 행위자 비극으로 대별된다. 우선, 헬레나 비극부터 살펴보기로 하겠다.

제2부의 제1막 제1장에서는 우선 산상(山上)의 고지에서 오랜 망각의 잠으로부터 깨어나는 파우스트가 그려지고 있다. 그레첸과의 쓰라린 헤어짐과 자신의 크나큰 죄업에도 불구하고 파우스트가 다시 활동을 개시할 수 있는 것은 과거의 죄업과 새로운 행위 사이에

'망각의 잠'이 있었기 때문이라는 것이 시인 괴테의 형식 논리이지만, 아무튼 파우스트는 이제 또 다시 메피스토의 마력의 도움으로 고전미의 상징인 헬레나를 현세로 불러내는 모험을 감행한다. 메피스토는 트로야로부터의 귀환 길에서 메넬라오스 왕의 복수를 두려워하고 있는 헬레나를 설득하여 그녀를 중세 게르만의 성주 파우스트에게로 인도한다. 여기서 북방 게르만의 남성과 남방 그리스의 여성 사이의 결합이 이루어지고, 그 열매로 아들 에우포리온이 탄생한다. 북방 게르만의 낭만주의와 남방 그리스의 고전주의의 결합의 결과로 상징되기도 하고, 또는, 영국의 천재 시인 바이런의 그리스 해방전쟁에서의 전사를 상징하는 것으로도 해석되는 에우포리온은 지상에 안주하지 못하고 위험천만한 공중비행을 계속하다가 햇볕에 날개가 녹아 추락하는 이카루스처럼 공중곡예 중에 추락하여 비참한 죽음을 맞는다. 지상에 추락한 아들의 처참한 주검을 본 헬레나가 홀연히 사라지자, 파우스트는 헬레나와의 사랑도 덧없음을 통감한다. 이 부분은 괴테가 쉴러와 더불어 애써 이룩한 바이마르 고전주의의 허망함과 무상성을 상징하는 것으로 일반적으로 헬레나비극으로 통칭되고 있으며, 여기에는 만년의 괴테가 중요시했던 중도(中道)와 체념(諦念, Entsagung)의 미학의 단초가 엿보인다.

한편, 헬레나비극과 직접적 관련성은 적지만, 메피스토의 도움으로 파우스트가 제국에 현대식 화폐제도를 도입하는 에피소드는 현대 자본주의사회의 배금주의적 작태를 선취해서 보여주고 있다고 하겠으며, 또한 파우스트의 옛 조수로서 그동안 학자로 대성한 바그너가 창조한 인조인간 호문쿨루스가 비참한 최후를 맞이하는 장면이 나오는데, 이 대목에서는 줄기세포 등 현대 생명공학의 발달과 그 여러 문제점들이 이미 선취되고 있는 것으로 해석되기도 한다.

8. **행위자 비극**-지식인 파우스트의 득죄(得罪)

아름다움의 추구로부터도 환멸과 회한밖에 얻지 못한 파우스트는 메피스토의 마법을 통해 황제의 전쟁을 도와준 대가로 해안의 습지를 봉토로 받게 되는데, 이제 그는 위대한 실천행위에 돌입하겠다는 강한 욕구를 느끼게 된다.

> 파우스트: 행위가 전부이지 명성은 아무것도 아니다.
>
> (10188행)

그래서 파우스트가 시작하게 되는 것이 바로 해안의 습지를 매립하는 간척 사업이다.

한편, 해변의 모래언덕 위에 있는 오두막집의 노부부 필레몬과 바우치스가 자기들을 찾아온 어느 나그네에게 들려주는 다음과 같은 말을 들어보면, 주민들의 눈에는 이 간척 사업이 수상한 것으로 보이고 있음을 알 수 있다.

필레몬: 우리 집이 있는 이 언덕에서 멀지 않은 곳에서
첫 공사가 시작되어,
임시 천막들과 오두막들이 들어섰지요.
그러더니 초지 위에 금방
궁전이 하나 세워지는 겁니다.

바우치스: 낮 동안엔 일꾼들이 괜히 소란을 피우며
뚝딱 뚝딱 괭이질이며 삽질을 해댔어요.
그런데, 그 이튿날 둑 하나가 세워지는 곳은
밤 동안 불꽃들이 피식거리던 곳이었답니다.
밤에 고통스러운 비명 소리가 들렸던 걸 보면,
사람을 제물로 써서 피를 흘리게 한 것이 틀림없어요.
작열하는 불길이 저 아래 바다 쪽으로 흘러가면
그 이튿날 아침에 운하가 하나 생겨 있는 거예요.
그 양반[파우스트]은 신도 두려워하지 않는 분 같아요,
우리의 이 오두막과 초원을 탐내는 걸 보면 말이에요.
저런 양반이 이웃으로 뻐기고 있으니,
우린 신하로서 그저 죽어지낼 수밖에요.

필레몬: 하긴 그 양반이 우리에게 제안하긴 했어요,
간척지가 생기면 좋은 땅을 대신 내어주겠노라고!

바우치스: 간척지를 준단 말 믿지 말아요!
당신의 언덕을 지키세요!

(1123-11138행)

밤 동안에 악마와 그 수하들의 불꽃으로 지어낸 궁전과 운하, 그리고 새로운 간척지가 선량한 주민 필레몬과 바우치스의 눈에는 수상한 사업으로 보였으며, 그들 노부부에게는 자신들의 전원생활을 옥죄어 오는 파우스트의 위세와 대형 사업이 큰 위협이 된다. 과연, 파우스트는 "현명한 뜻으로 행해져 백성들에게 넓은 거처를 마련해 준 인간정신의 걸작품을 한눈에 내려다보기 위해"(11247-11250행) 언덕 위의 노부부를 쫓아내라는 명령을 내리고 만다. 이에, 메피스토는 마법의 불꽃으로 오두막과 교회와 보리수를 모두 태워버리고, 결국 필레몬과 바우치스, 그리고 그들의 손님인 나그네조차도 결국 그 불길에 타죽게 된다.

파우스트: 내가 말할 때 너희들은 귀가 먹었더란 말이냐?
대토(代土)를 해 주려고 한 것이지 강탈하려던 것이 아니었다!
경솔하고도 난폭한 짓을 저지르다니!
저주할 일이로다! 이 저주는 너희들이 나누어 받아야겠다!
(11370-11373행)

구약성서 열왕기에도 나오는 이야기이지만, 사마리아의 왕 아하브가 궁전 옆에 있는 나보테의 포도밭을 빼앗은 것과 비슷한 이 에피소드는 악마 메피스토의 대사에 따른다면, "오래전에 있었던 일이 여기서도 일어난"(11286행) 것이며, 지식인 파우스트가 실천행위의 일환으로 이상주의적 사업을 벌이다가 득죄(得罪)하는 과정을 명징하게 보여주고 있다. 언덕 위의 오두막집이 잿더미로 화하고 그 안에서 노부부가 그냥 타죽은 현장을 바라보며 파우스트는 "성급한 명령에 너무 신속한 거행이 뒤따랐음"(11382-11383행)을 깨달았지만, 때는 이미 너무 늦은 시점이었다. 바로 이 순간 그는 자신을 찾아온 '근심의 여인'에 의해 눈이 멀게 된다.

파우스트: (문설주를 더듬으면서 궁전에서 나온다.)

저 삽질소리를 들으니 기쁘구나!

저들은 날 위해 노역을 하는 무리들,

해저의 땅을 간척지로 만들고

파도가 넘어오지 못할 한계선을 정하여

바다 주위로 튼튼한 제방을 쌓고 있구나!

(11539-11543행)

눈이 먼 파우스트는 자신이 듣는 소리를 간척공사장의 삽질소리로 알고 있지만, 실은 이것은 메피스토의 부하들이 이제 곧 최후를 맞이하게 될 파우스트의 무덤을 파고 있는 소리이다.

이런 줄도 모르고 파우스트는 인부들이 자신을 위해 열심히 일하고 있다고 믿으면서 다음과 같이 말한다.

파우스트: 우리네 삶과 마찬가지로 자유란 것도

날마다 쟁취하지 않으면 안 되는 자만이 그것을 누릴 자격이 있는 것이다.

그래서 여기, 위험에 처해서도,

아이, 어른, 노인 모두가 자신의 유용한 나날을 보내고 있는 것이다.

나는 이렇게 모여 일하는 군중들을 보고 싶다,

자유로운 땅 위에서 자유로운 백성들과 더불어 살고 싶다.

그러면 순간을 향해 내 이렇게 말해도 좋으리라,

'멈추어라, 너 참 아름답구나!'

(11575-11582행)

여기서 파우스트는 드디어 한 순간을 향해 '멈추어라, 너 참 아름답구나!'라는 말을 입 밖에 냄으로써 일견 이제 모든 것이 악마의 뜻대로 될 듯이 보인다. 하지만 파우스트의 이 말은 '접속법'—가정법(假定法)—으로 말한 것이기 때문에, '악마와의 계약'의 법적 효력을 가리는 일은 그다지 단순하지만은 않다.

이어서, 파우스트가 죽고 메피스토의 지휘 하에 그 부하들이 공중으로 "팔랑 팔랑 날아가는"(11673행 참조) 파우스트의 영혼을 낚아채려는 순간, "오른쪽 위에서 영광"이 내리비치며, 천사의 무리들이 합창을 하면서 내려온다. 그리고 천사의 합창대가 장미꽃을 뿌리며 계속 파우스트의 주위를 맴돌자 악마의 부하들은 물론, 메피스토 자신조차도 천사들의 아름다움에 매료되어 그만 넋을 빼앗긴 나머지 끝내는 아무런 힘도 쓰지 못하고 파우스트의 영혼을 놓치고 만다. 이로써 파우스트의 영혼이 천사들에게로 돌아가자 그 영혼을 두고 걸었던 신과 악마의 내기는 악마가 지는 것으로 끝이 난다.

9. 영원한 여성성의 은총과 구원의 모티프

그런데 여기서 특기할 것은 이 작품의 끝이 바로 신의 승리, 즉 기독교에서 전통적으로 생각해 오던 방식인 신의 심판의 장으로 바로 이어지는 것이 아니고, 뜻밖에도 그레첸과 성모의 대화 장면으로 이어진다는 점이다.

속죄하는 여인(한때 그레첸이라 불렸던):

새로 오신 분은 고귀한 정령들의 합창대에 둘러싸인 채
자신을 전혀 의식하지 못하십니다.
자신의 새로운 생명을 예감하지 못하고 있지만,
벌써 성스러운 무리들을 닮아갑니다.
보세요, 그이는 지상의 온갖 낡은 인연의 끈을
벗어던지고 있어요, 그리고
천공(天空)의 기운이 서린 옷자락으로부터
첫 젊음의 힘이 솟아나네요.

제가 그이를 인도하도록 허락해 주셔요.

그이가 새날의 햇빛에 아직은 눈부셔 하고 있으니까요.

영광의 성모: 자! 더 높은 영역으로 올라오너라!

너 있는 곳 예감하면, 그도 뒤따라올 것이니라.

(12084-12095행)

노래하는 천사들에 의해 옹립된 채 높이 올라오고 있는 파우스트를 인도해 주고 싶어 하는 그레첸의 간절한 소망을 짐짓 모르는 듯, 영광의 성모는 그레첸을 데리고 한층 더 높은 영역으로 올라가 버린다. 곧 이어서, 대미(大尾)를 장식하는 저 유명한 '신비의 합창'이 울려 퍼진다.

신비의 합창: 모든 무상한 것은

한갓 비유일 뿐이다.

이루어지기 어려운 것이

여기서 사건으로 되고,

형언할 수 없는 일이

여기서 행해졌도다.

영원하고도 여성적인 것이

우리를 이끌어 올리는구나.

(12104-12111행)

여기서 중요한 것은 "영원하고도 여성적인 것"(das Ewig-Weibliche)의 분명한 해석일 텐데, 형용사가 명사화된 '영원한 것'과 '여성적인 것'이라는 두 명사를 다시 복합명사로 조합해 놓은 괴테의 이 개념을 '영원히 여성적인 것'이라고 번역하면 부분적 오역이 되며, 이 개념을 확실히 설명한다는 것 자체가 거의 불가능하다. 왜냐하면, 이 개념은 분명 파우스트가 구원을 받기 위해서는 여성의 은총(Gnade)이 필요하다는 의미의 상징일 텐데, 괴테의 상징성이 늘 그렇지만, 그의 텍스트는 상징성이 어떤 확답을 미리 가리키고 있는 우의(寓意)의 차원으로 추락하는 것[55]을 단연코 거부하기 때문이다. 다만, 여기서 우리가 우선 인식해야 할 것은 그레첸과 성모가 다 여성이며, 그것도 온갖 고통을 다 겪은 끝에 마지막에 가서야 영광을 얻은 여성이라는 점, 그래서 대중이나 인류를 위한다는 미명 하에 불안정한 자신을 어떻게든 안정시키고자, 인내심이 없고 속도감을 갈구하는 자신들의 갈증을 해소하기 위해 온갖 죄를 저지르며 살기 마련인 남성들에게 적정(寂靜)의 영원성과 끝없는 용서와 사랑이 담긴 은총을 선사할 수 있는 존재로서의 여성성일 것이라는 정도의 기본적 해석이 아닐까 싶다.

지금까지 괴테의 파우스트는 일반적으로 삶의 영원한 가치를 얻

55 괴테에 있어서 상징(Symbol)은 우의(Allegorie)보다 더 심원한 문학적 개념이었다. 하지만, 고문헌 등을 역사적 맥락 속에서 해석하고자 하는 발터 벤야민에 이르면, 우의가 상징보다 더 중요한 의미를 지니기도 한다.

기 위해 노력하는 독일적 인간의 전형으로 해석되어온 것이 사실이다. 물론, 이런 해석에 타당성이 없지 않고, 이런 해석의 길이 앞으로도 얼마든지 열려 있다고 본다. 그러나 필자는 『친화력』, 『빌헬름 마이스터의 편력시대』 등 괴테의 만년의 다른 작품들이 '체념' 또는 '절제'(節制, Entsagung)를 모르기 때문에 좌절하는 인간상을 많이 다루고 있기 때문에, 지식인이 자신의 앎을 실천해 나가고 인간에의 길에 도달하기 위해서는 재산, 명예, 업적 등에서 욕망과 속도감을 스스로 줄일 수 있는 '절제'가 대단히 중요하다는 사실을 상징적으로 보여준 작품이 바로 이 『파우스트』가 아닐까 생각해 본다.

이 작품은 한마디로 괴테 자신의 삶과 그 속에서 자신이 불가피하게 저지르게 된 여러 죄업에 대한 참회의 책이라 할 수 있다. 좋은 일을 하고자 했던 지식인 파우스트가 결국 필레몬과 바우치스의 오막살이집을 불태운 간접적 죄를 면치 못하게 된 것과 마찬가지로 괴테 자신의 삶 속에서도 그레첸 비극과 비슷한 여러 연애행각들이 계속 있었을 터이고, 그가 바이마르 공국(公國)의 재상으로 일할 때에도 ―우리나라의 새만금 사업이나 4대강 사업을 연상케 하는 파우스트의 간척사업까지는 아니라 할지라도― 일메나우의 광산 개발 사업 등 크고 작은 수많은 정사(政事)들을 행하는 중에 본의 아니게 저지르게 된 실수들도 없지 않았을 것이다. 괴테는 자기 인생에서 이룩한 모든 화려한 업적들에 늘 붙어다녔던 이 부득이하게 얻게 된 죄업에 대하여 속죄를 하고 이에 대한 은총과 구원을 구하고 있는지도 모른다.

완전무결한 인생이란 없는 법이다. 괴테처럼 거의 완벽에 가까운 인생에도 득죄의 과정이 있었고 죄업이 따라다녔으며 참회와 은총이 필요했다는 것,—그리고 무엇보다도 이 사실을 자신이 고백하고 있다는 점—바로 이 점이 괴테와 그의 『파우스트』가 오늘날, 우리 한국인들에게도 여전히 그 중요성과 시의성을 지니는 이유이다.

'빨리 빨리'라는 한국어는 오늘날 세계인들이 가장 먼저 배우는 한국어 어휘들 중의 하나이며, 성취와 속도에 대한 우리 한국인들의 집착은 오늘날 온 세계가 다 알게 되었다. 이런 우리 한국인들에게 괴테의 『파우스트』는 일종의 '경종의 책'으로 다가온다. 노부부의 오두막집을 헐어내고 그 자리에다 자신이 이룩한 위업—새로 얻은 간척지—을 내려다볼 수 있는 전망대를 짓고자 했던 파우스트는 "대토(代土)를 해 주려고 한 것이지 강탈을 원한 것이 아니었다!"며 메피스토를 나무라지만, 필레몬과 바우치스는 이미 악마의 수하들에 의하여 불에 타죽은 뒤였으며, 파우스트는 결국 아무것도 얻지 못한 채 죄만 짓게 된다. 모든 행위자는 자신이 직접 저지르지 않았다 하더라도 어쩔 수 없이 득죄(得罪)를 하게 된다. 많은 행위자들은 이러한 자신의 죄를 인지하지도 못하며, 그중 극소수만이 만년에 가서야 비로소 자신이 죄인임을 자각하게 된다.

이를테면, 여객선 '세월호'의 침몰은 개발독재와 실용주의적 교육을 통해 산업화를 신속히 달성한 우리 사회의 보이지 않는 부실성을 총체적으로 보여주고 있다. 자신의 눈앞의 이익에만 집착한 정치인들의 죄, 배금주의에 함몰되어 기업이나 회사를 돈을 낳는 기구 정도로밖에 인식하지 못한 선박회사 경영인, 그리고 아무런 소명의식이나 책임감도 없이 어린 학생들을 버려두고 배를 떠난 선장과 선원들, 선박 상태를 점검하고 검사해야 할 감독기관의 직무 태만, 재난에 신속히 대처해야 할 해양경찰의 답답한 늑장 대응, 그리고 안전행정부 직원들의 안이하고 무성의한 대처 자세 등등 온갖 한국사회의 적폐(積弊)들이 이번 대참사를 통해 전 세계인들에게 부끄럽게 노출되었으며, 이 한국적 비극의 죄책으로부터 완전히 자유로운 한국인은 따지고 보면 결국 아무도 없게 된다.

여기서 문득 괴테의 『파우스트』가 연상된다. 아마도 괴테는 『파우스트』에서 인간의 삶 자체가 이미 내포하고 있는 피할 길 없는 죄책을 다루고 싶었을지도 모른다. 아닌 게 아니라 괴테의 『파우스트』는 그의 독자가 나이를 먹어가면서 그와 비슷한 체험을 해나가는 가운데에 비로소 문득 그 독자에 의해 상기되고 그 맥락이 이해되고, 그럼으로써 독자와 더불어 점진적으로 완성되어가는 그런 작품인 것 같다. 그래서 이 작품의 설계와 구성이 정말 원대하고도 오묘하다고들 말하고 있는가 보다.

제 2 부

—

토마스 만

I. 독일 시민계급의 몰락과 예술가의 탄생
―『부덴브로크 가의 사람들』과 「토니오 크뢰거」

1. 토마스 만, 누구인가?

토마스 만(Thomas Mann, 1785-1955)은 북독의 한자(Hansa) 동맹 도시 뤼벡(Lübeck)에서 부유한 상인의 아들로 태어났다. 아버지는 뤼벡 시민계급 전래의 관습과 도덕률을 엄격하게 지키는 전형적인 북독인이었지만, 라틴계 혈통이 섞인 어머니는 집안일이나 세상사에는 별로 관심이 없고 음악에 탐닉하는 예술가 기질의 소유자였다. 이와 같이 토마스 만은 부모로부터 시민적 도덕성과 예술가 기질을 동시에 물려받았으며, 그의 초기 작품들은 대개 시민성과 예술성 사이의 갈등을 테마로 하고 있다. 시민은 도덕적이긴 하지만 편협하고 고루하며, 예술가는 비도덕적이고 방종한 반면, 감수성이 예민하고 사고와 행동이 자유롭다는 것이 토마스 만적 시민성과 예술성의 근본적 차이점이다.

『부덴브로크 가의 사람들』(1901), 「토니오 크뢰거」(1903), 「베네치아에서의 죽음」(1912), 『마의 산』(1924) 등 그의 초기 작품들에서는 주로 이 양극성의 갈등이 반어적으로 다루어지고 있다.

여기서 반어(Ironie)라 함은 초기 토마스 만의 독특한 예술가적 태도 내지는 그에 따른 서술기법을 말하는데, 간단히 설명하자면, 북독적 시민성과 남독적 예술성, 삶과 예술, 도덕과 정신 등으로 표상될 수 있는 양극 사이에서 중간자적 입장을 취하면서 양쪽에다 다 거리를 두고 이 양쪽을 다 같이 약간 삐딱하게 바라보는 작가로서의 관점, 또는 서술자의 시점을 의미한다. 하지만 『요젭과 그의 형제들』(1933-1943), 『선택받은 사람』(1951) 등 토마스 만의 후기 작품들에서는 이러한 양극성과 반어성이 극복되어, 해학(Humor)의 경지로 고양된다고 할 수 있다. 그것은 작가적 관점과 태도가 양극에 대해 더 이상 수평적 거리만 취하는 것이 아니라 이 양극을 시·공간적으로 초월하는 높은 시점과 고차원적 경지에 도달함을 의미한다. 이런 의미에서 필자는 토마스 만의 문학을 '반어'에서 '해학'으로 발전해 가는 과정으로 관찰하는 방법도 있다고 생각하는데, 이에 대해서는 뒤에 다시 언급하겠다.

그야 어쨌든, 일반적으로 토마스 만은 독일 소설을 세계적 수준으로까지 끌어올린 20세기 소설의 완성자로 꼽히고 있다. 그는 제임즈 조이스나 프란츠 카프카의 난해한 소설들이 나오기 이전까지의 전통적 세계 소설문학을 더 이상 올라갈 수 없는 최고점에까지 끌어올려 놓았는데, 화가로 치자면 마치 입체파 그림들이 나오기 이전의 전통적 회화를 더 이상 올라갈 수 없는 정점에까지 끌어올려놓은 전통적 화가에 비유될 수 있겠다. 바로 이 점에 토마스 만

문학의 중요성과 세계성이 있다.

괴테는 시, 희곡, 소설을 가리지 않고 두루 썼지만, 약 125년 후에 활동한 토마스 만은 거의 소설만을 썼다. 이러한 장르의 세분화에도 불구하고, 독일인들이 그를 '시인'(Dichter)이라 부를 때에는, 토마스 만이 시를 주로 써서 시인이라고 하는 것이 아니라, 문학사에 길이 남을 만한 훌륭한 작품들을 써서 단순한 '작가'(Schriftsteller)나 '문사'(文士, Literat)의 수준을 넘어섰다는, 독일어의 전통적 의미에서의 존경심이 깃든 칭호로서의 '시인'임을 말하는 것이다.

괴테가 프랑크푸르트라는 자유시(Freie Stadt)에서 태어난 것과 마찬가지로 토마스 만 역시 자유시 뤼벡에서 태어났다. 이렇게 토마스 만은 귀족의 지배를 받지 않는 자유시에서 도시귀족(Patrizier)이라 일컫는 비혈통귀족, 즉 유서 깊고 명망 있는 시민 가문에서 태어났다는 점에서 괴테와 대단히 유사하다. 만(Mann) 가문은 뤼벡에서 큰 신망을 지닌 명문가였기 때문에, 이런 집안의 자손이 작가가 된다는 것은 평범한 뤼벡 시민들의 입장에서 볼 때에는, 마치 우리나라의 전통적 양반 가문에서 '환쟁이'나 '소리꾼'이 나오는 것처럼, 수상쩍고 의아한 일로 생각될 수 있었다. 이것이 바로 위에서 언급한 토마스 만의 반어적 고민의 근본 원천이었다. 뤼벡 시민들은 작가가 된 토마스 만을 손가락질하면서 수상쩍고 미심쩍은 인간으로 보고, 젊은 작가 토마스 만이 주로 활동했던 무대인 남독 뮌헨 시의 예술가들은 그를 가리켜 아직 '속물티'를 채 못 벗은, 너무 단정하고 너무 도덕적인, '시민적' 예술가로 보곤 했던 것이다.

2. 처녀장편 『부덴브로크 가의 사람들』

이런 유서 깊은 시민 가문에서 어떻게 토마스 만이란 예술가가 탄생하는가 하는 자세한 내막은 1901년에 나온 그의 처녀장편 『부덴브로크 가(家)의 사람들』(Buddenbrooks)과 1903년에 나온 그의 자전적 중편소설 「토니오 크뢰거」(Tonio Kröger)에 잘 나타나 있다.

우선, 『부덴브로크 가의 사람들』부터 살펴보자면, 이 소설은 한 시민 가문의 몰락을 다룬 이야기인데, 토마스 만이 자기 집안 이야기를 근간으로 하여 약 3년간 쓴 작품이다. 토마스 만이 자신의 집안 이야기를 썼다는 사실은 얼핏 대수롭잖게 흘려들을 수도 있겠지만, 실은 이 출발점이 매우 중요하다. 즉, 이 소설은 억지로 지어낸 이야기가 아니라, 실제로 있었던 자기 집안 이야기에 기반을 두고 있다. 말하자면, 독일 자본주의를 일으키고 발전시킨 독일 시민계급이 부를 축적하고 그 다음에 필연적으로 도달하기 마련인 '허무'의 최고점에서 어떤 '추락'과 어떤 '변성'(變成)을 하게 되는가 하는 문제를 다루고 있는 소설인데, 이런 의미에서도 이 소설은 19세기에 뿌리를 두고 있는 유럽 리얼리즘 소설의 큰 전통의 종착점에 다다라 있다 하겠다.

이 소설이 성공한 또 한 가지 중요한 이유를 들자면, 토마스 만이 태어난 도시와 그의 가문이 독일 시민계급의 흥륭과 몰락을 이야기할 만한 대표성을 지녔다는 운명적 혜택도 있었다. 즉, 그의 고향도시 뤼벡은 일찍이 한자(Hansa) 동맹의 맹주로서 비교적 이른 시기에 독자적 자본을 축적하고 정치적으로 군주와 혈통 귀족계급의 지배로부터 벗어나 자유시의 지위를 누리고 있었으며, 그의 부친인 요한 하인리히 만은 큰 곡물상의 경영주로서 뤼벡 시의 재무담당 참정관(도시국가의 장관 격)으로도 활동했다. 즉, 당시 뤼벡에는 혈통귀족의 정치적 지배가 없었기 때문에 그의 부친은 부를 얻고, 나중에는 권력도 함께 얻게 됨으로써 이른바 도시귀족의 반열에 오른, '지체 높은' 시민의 지위를 누리고 있었던 것이다.

소년 및 청년 시절의 토마스 만의 가장 큰 고민은 자신이 이런 명문가 출신의 '도련님'답지 않게 부친의 기대에 부응하지 못하고 학업을 소홀히 하는데다 오페라와 문학에 탐닉함으로써 느슨한 생활태도와 유약한 기질을 보이고 있었으며, 그 결과 당시 뤼벡의 시민들이 보기에는 이른바 '쓸모없는 인간들'의 부류로 간주된다는 사실이었다. 어머니로부터 물려받은 예술가 기질에 따라 일찍이 문학에 뜻을 두고 여러 단편소설들을 발표하며 문단의 주목을 받았지만, 부업(父業)을 계승하지 못하고 '수상쩍은' 예술가로 되었다는 양심의 가책에 시달리던 청년작가 토마스 만은 이러한 그의 특이한 입장과 고민을 한 편의 장편소설로 써내었는데, 이것이 바로 그의 처녀장편 『부덴브로크 가의 사람들』이다.

이 책이 출간되자 큰 반향을 얻어 이내 유럽 시민계급 전체의 보편적 이야기로 인정되었으며, 유럽 시민계급 독자들의 꾸준한 사랑을 받게 되었다. 이것은 한때 괴테의 『젊은 베르터의 고뇌』(1774)가 프랑스혁명 직전에 정치적으로 한계 상황에 부딪혀 있던 유럽 시민계급의 고뇌를 대변한 것과 비슷하다. '한 가정의 몰락'이라는 부제가 붙어 있는 이 소설이 오늘날에도 유럽 전역에서 꾸준히 독자를 얻으면서 스테디셀러의 지위를 유지하고 있는 숨은 이유이기도 하다. 즉, 대개의 독자들은 이 이야기에서, 자신의 집안 이야기, 그리고 자기 자신의 부모에 대한 '배반'의 이야기를 읽을 수 있었던 것이다.

그러나 이 이야기가 유럽 시민계급 일반의 공감을 얻고 심금을 울린 것은 무엇보다도 토마스 만이 자신의 체험을 일반 대중이 공감할 수 있도록 정교하게 형상화해 내었기 때문이었다. 즉, 토마스 만은 자기 집안의 몰락의 이야기를 유럽 시민계급 일반의 몰락의 이야기로, 또는 실제적이고 건조한 독일 시민 가정의 정신화과정의 이야기로 보편화시켜 놓은 것이다. 리얼리스트 토마스 만은 자기 집안의 이야기라는 실화(實話)에다 교묘한 예술적 장치들을 첨가함으로써 이 진부한 이야기에다 상징성이라는 깊이와 독일 시민계급의 심금을 울릴 수 있는 대표성을 아울러 부여해 놓았다. 리얼리즘과 상징주의는 원래 서로 다른 두 가지 형상화 원리이지만, 이것들이 토마스 만 문학에서는 서로 교묘하게 결합하여 시너지 효과를 냄으로써, 그 결과 인간세사가 역사적으로 변천해 가는 모습이 —

그 총체성 속에서—약여(躍如)하고도 뚜렷한 형상으로 독자의 눈앞에 다가오게 되는 것이다.

3. 외형적 몰락, 혹은 내면적 정신화 과정

『부덴브로크 가의 사람들』에는 '한 가문의 몰락'이란 부제가 붙어 있는데, 여기서 특기할 점은 한 가문의 '외형적 몰락'이 또한 그 구성원들의 '내면적 정신화 과정'을 동반하기도 한다는 사실이다.

> "말씀해 보십시오, 부인! 부인의 집안은 아마도 오랜 역사를 지니고 있는 가문이겠지요? 아마도 이미 여러 대를 두고 회색의 합각머리 건물[01] 안에서 살아왔고 그 안에서 일하다가 세상을 떠나곤 했겠지요?"
>
> "맞아요.—그런데 그건 왜 물으세요?"
>
> "실제적이고 시민적이며 건조한 전통을 지닌 한 가문이 그 종말 무렵에 예술을 통해 다시 한 번 환하게 빛나는 일이 드물지 않거든요."[02]

이것은 『부덴브로크 가의 사람들』보다 2년 뒤에 나온 토마스 만의 단편소설 「트리스탄」(Tristan, 1903)에서 작가 슈피넬이 클뢰터얀 부인과 나누고 있는 대화의 한 대목이다. 여기서 "실제적이고 시민적이며 건조한 전통을 지닌 한 가문이 그 종말 무렵에 예술을 통해

01 측면도가 합(合)자 모양으로 보이는 뾰쪽한 지붕의 건물을 말함.
02 Thomas Mann: Gesammelte Werke, Frankfurt am Main 1975, Bd. 8, S. 234.

다시 한 번 환하게 빛난다" 함은 바로 토마스 만 자신의 가문의 몰락과 그에 따른 정신화 과정, 즉 토마스 만이라는 예술가의 탄생을 두고 하는 말로 이해될 수도 있을 것이다.

1929년도 노벨문학상 수상작이기도 한 『부덴브로크 가의 사람들』은 만(Mann) 가의 사람들, 즉 제1대인 그의 증조부, 제2대인 그의 조부, 그리고 제3대로서 그의 아버지와 삼촌과 고모들, 그리고 제4세대로서 토마스 만 자신이, 작중 인물들과의 유사성을 금방 알아볼 수 있을 만큼, 4대에 걸쳐 형상화되고 있다.

토마스 만은 가문의 이름으로서 단음절로 무미건조하게 끝나는 자신의 성(姓) 만(Mann) 대신에 보다 북부 독일적으로 들리면서도 어딘가 유서 깊고 진지한 여운을 남기는 그런 성 하나를 찾고자 했는데, 그것이 테오도르 폰타네의 유명한 소설 『에피 브리스트』(Effi Briest)[03]에 단역으로 등장하는 인물 부덴브록(Buddenbrock)을 약간 변형한 부덴브로크(Buddenbrook)였다. '…브록'이란 짧은 음절을 '…브로-크'로 길게 발음하게 만듦으로써, 토마스 만은 이 가문의 유장(悠長)한 역사와 전통을 암시하고자 했던 것으로 보인다.

제1대인 요한 부덴브로크는 1835년 도시의 중심가에 새로 구입한 호화 저택에서 가족, 친지들과 함께 집들이 잔치를 벌인다. 그의

03 시민계급의 순진한 여주인공 에피 브리스트가 어린 나이에 도덕률과 인습에 젖어있는 연상의 남자 인스테텐에게 시집가서 겪게 되는 비극적 운명을 다룬 소설로서, 플로베르의 『보바리 부인』과 견줄 만한 19세기 후반의 대표적 독일소설이다.

사업이 번창하고 있기에 그는 늘 활달하고 명랑하다. 그러나 다른 가족들과 축하객들이 모두 한껏 기분을 내고 있을 때에도 그 집안의 아들이며 홀란드의 명예 영사(領事)인 요한은 남몰래 근심에 잠겨 있는데, 그의 배다른 형 고트홀트가 또다시 돈을 요구하는 편지를 보내왔기 때문이다. 경사스럽고 즐거운 날에도 한 가닥 근심의 음영이 이미 이 집안에 들어와 있는 것이다.

제2대인 영사 요한은 그의 아버지처럼 '명랑한 시민'은 못 되었지만, 매사에 신중한 면모를 보여주었고, 종교적으로는 '경건한 시민'이었다. 그는 4남매를 두었는데, 큰아들 토마스는 매우 꼼꼼하고 성실한 반면에 신경이 예민하고, 작은아들 크리스찬은 남의 흉내내기를 좋아하는데다 게으르고 산만한 성격을 보인다. 큰딸 토니는 단순한 성격에 자존심이 강하고 막내딸 클라라는 착하고 내성적이다. 영사 요한은 자신이 수하에 부리고 있는 해로(海路) 안내원 슈바르츠코프의 아들이며 괴팅엔대학 의과대학생인 모르텐 슈바르츠코프를 사랑하고 있는 큰딸 토니를 달래어 함부르크의 사업가 그륀리히와 결혼하도록 종용하였으나, 그륀리히가 토니의 지참금을 노린 사기꾼임이 밝혀지자 함부르크로 가서 토니를 다시 집으로 데려온다.

영사가 죽자 제3대로서 토마스가 회사 경영을 맡는다. 그는 관운(官運)까지 있어서 시의 재무담당 참정관으로 선출되고, 새 저택을 지어 부덴브로크 가문의 위세를 내외에 크게 떨친다. 그러나 그에게는 선대(先代) 때보다 더 많은 걱정거리들이 따라붙는데, 여동생 토니가 두 번째 결혼에서도 또 실패하여 다시 친정으로 돌아와 살고 있고, 남동생 크리스찬은 창녀 출신의 여자와 동거생활을 하면서 여러 번이나 경제적 지원을 요구해 오는가 하면, 막내 여동생 클라라는 아기가 없는 결혼 생활을 하다가 일찍 세상을 떠난다. 게다가 남국의 피가 섞여 있는 섬세한 예술가 기질의 아내 게르다는 음악 이외에는 아무것에도 관심을 보이지 않기 때문에, 집안과 직장에서 늘 고군분투하고 있는 토마스가 인생의 반려자로서 믿고 의지하기에는 너무나도 냉담하다. 하지만 그의 가장 큰 걱정거리는 자신의 뒤를 이어 가업을 물려받아야 할 아들 하노가 외탁을 한 탓인지 너무나 병약하다는 사실이다. 이러한 여러 정황 때문에 토마스는 이미 신경이 매우 예민해져서 극도로 긴장된 심리 상태 속에서 자신의 가정, 회사, 그리고 시청에서의 소임들을 간신히 소화해 내면서, 무능하고 나태한 남동생 크리스찬과 결혼에 실패한 여동생 토니를 다독여 가며 가문의 명예를 지키고 회사를 번창시키기 위해 필사적으로 노력한다. 「토니오 크뢰거」(1903)에서 작가 토니오 크뢰거가 화가 리자베타에 의해 "길 잃은 시민(ein verirrter Bürger)"[04]으로 지칭되고 있는 것을 감안한다면, 토마스는 말하자면 '길 잃지 않으려고 애쓰던 시민'이라 부를 수 있을 것 같다. 어느 날 토마스는 자

04 Th. Mann: Gesammelte Werke, Bd. 8, S. 305 (Tonio Kröger).

신의 불안정하고 위태로운 정신적 상태에 대해 누이 토니에게 다음과 같이 실토한다.

참정관으로 선출되고 새 집을 지었다는 것은 외양에 불과한 것이야. 나는 네가 생각하지 못한 그 무엇을 알고 있어. 삶과 역사에서 난 그걸 배웠지. 행복이나 출세의 외적 표시, 즉 가시적이고 파악 가능한 상징들은 실은 그것들이 이미 내리막길에 접어들었을 때에야 비로소 바깥으로 나타난단 말이다. 이 외적인 표징들이 겉으로 나타나기까지에는 시간이 필요하거든! 그것은 마치 저 하늘 위의 별빛과도 흡사하지. 어떤 별이 지금 제일 밝게 빛나고 있는 것처럼 보일지라도 그 별이 실은 저 위에서는 이미 꺼져가고 있는 중인지도 몰라. 심지어는 이미 다 소멸된 상태일 수도 있단 말이야.[05]

시(市)의 참정관으로 선출되고 새로 번듯한 저택을 지어, 자신과 가문의 영광을 내외로 떨치고 있지만, 실은 자신의 심신에 이미 쇠락의 징조가 찾아와 있다는 토마스의 이 고백은 깊고 오랜 여운을 남기는 토마스 만 산문의 특징을 잘 보여주고 있다. 한 인간의 출세와 영광이 주위 사람들에게 가시적으로 보일 때에는 그의 내면의 활력은 이미 쇠락했거나, 심지어는 이미 완전히 소멸된 상태일 수

05 Th. Mann: Gesammelte Werke, Bd. 1, S. 431 (Buddenbrooks).

도 있다는 '삶의 진리'를 별빛과 그 별빛이 지상에까지 내려오는 시간—광년(光年)—으로 설명한 이 비유는 참으로 탁월하다 하지 않을 수 없다. 이런 비유와 상징이—기본적으로 리얼하게 묘사되고 있는 소설의 곳곳에서—주옥처럼 빛나고 있어서, 토마스 만의 독자들은 마치 보물찾기 놀이에서처럼 이 빛나는 비유나 상징들과 만나는 즐거움을 누리게 되는 것이다.

이와 같이 자기 자신의 유한성을 인식한 토마스는 유약한 아들 하노에게 미래의 희망을 걸고서, 아들을 대동하고 다니면서, 대인관계에서 자기가 보여주는 주도면밀한 언행과 변화무쌍한 처신을 아들이 배우고 익히기를 기대한다.

> 그[토마스 부덴브로크]는 하노에게 장래 이 아이가 활동해 나갈 영역을 약간 익히도록 훈련시키기 시작했다. 그는 사업장 시찰을 할 때 하노를 데리고 나갔으며, 아이를 데리고 항구로 내려가서는 자기가 부두에서 덴마크어와 저지 독어가 뒤섞인 사투리로 하역 인부들과 잡담을 나누는 광경을 옆에 서서 지켜보도록 하였다.[06]

> 1년 중 어느 특정한 날이 되면 참정관 부덴브로크는 마차를 타고 돌아다니며 지방 유지들의 집을 순회 방문하곤 하였는데, 이런 때에도 그는

06 Th. Mann: Gesammelte Werke, Bd. 1, S. 625.

하노에게 자기를 따라나서라고 명했다. 이럴 때마다 그는 예절에 맞는 능숙한 솜씨로 언동을 하였으며, 아들이 찬탄어린 눈빛으로 그를 관찰하고 있는 것을 느끼면서, 자기 아들이 이런 자기의 언동을 눈여겨보아 두었다가 장차 잘 하게 되기를 기대하는 것이었다.

그러나 어린 하노는 보아야 할 것보다 더 많은 것을 보고야 말았으니, 하노의 눈, 수줍어하고 금갈색이며 푸른색이 감도는 그 눈은 너무나도 날카롭게 그 이면을 관찰하고 있었던 것이다. 아이는 아버지가 모든 사람에게 베푸는 자신감에 찬 친절성을 보았을 뿐만 아니라, 특이하면서도 고통을 수반하는 통찰력을 지니고, 그 친절행위가 얼마나 어렵게 행해지는지를 보았고, 한 가정의 방문이 끝난 후 아버지의 핏발선 눈 위로 눈꺼풀이 내려오고 아버지가 과묵해지고 얼굴이 창백해져서 마차 구석에 기대어 앉아 있는 모습을 꿰뚫어 보았다. 또한 아버지가 다음 차례의 방문을 위해 새로운 집 안으로 들어설 때면 바로 그 피곤해 하던 얼굴 위로 갑자기 하나의 가면이 미끄러져 내려오고, 그렇게도 피로해 하던 아버지의 신체 동작에 언제나 다시금 갑작스러운 탄력성이 되돌아오는 것을 하노는 보았다. … 그리고 자신도 언젠가 공식 석상에 나타나 모든 사람들이 보는 앞에서 이렇게 말하고 행동해야 된다고 식구들이 기대할 것이라는 데에 생각이 미치자, 하노는 그만 온몸이 오싹해지며 불안한 거부감이 치솟아 두 눈을 감아버리는 것이었다.[07]

07 Ebda., S. 626f.

아버지 토마스의 원대한 가르침과 간절한 소망이 어린 하노에게 오히려 역효과를 내게 되는 이 장면, 즉 "그러나 어린 하노는 보아야 할 것보다 더 많은 것을 보고야 말았"다는 이 대목은 토마스 만 산문의 멋진 반어법을 유감없이 보여주고 있다.

적절한 언행과 처신으로 현실상황에 잘 대처해 낼 엄두를 내지 못하고 복잡한 현실세계 앞에서는 그만 "두 눈을 감아버리는" 아들 하노는 즐겨 오페라와 음악의 몽환적 세계에 탐닉하는 한편, 학교 공부나 실제 대인관계에서는 무능에 가까운 유약성을 보인다. 현실적 행동 능력이 결여된 아들에게 더 이상 기대를 걸 수 없었던 토마스는 어느 날 대수롭지 않은 치통 끝에 진창길에 넘어져 세상을 떠난다.

병약한 제4세대 하노 부덴브로크도 얼마 가지 않아 티푸스를 앓다가 죽게 되는데, 토마스 만은 하노가 죽는 장면을 다음과 같이 묘사하고 있다.

> 티푸스의 증상은 다음과 같다. 신열에 들뜬 환자의 아득한 꿈속에다 대고, 불덩이처럼 뜨거운 그 절망 속에다 대고 삶이 오해의 여지없이 분명하고도 격려하는 목소리로 소리쳐 부른다. 이 목소리는, 낯설고 뜨거운 길 위에서 평화롭고 시원한 그늘을 향해서 앞으로, 앞으로 걸어가고 있는 환자의 정신에 단호하고도 신선한 자극제로서 가 닿을 것이다. 그 환자는 자기가 멀리 두고 떠나와서 이미 잊어버린 지역으로부

터 자기한테로 들려오는 이 밝고 힘차며 약간 비웃는 것 같은 목소리, 그만 몸을 되돌려 귀환하라는 경고의 목소리를 귀 기울여 듣게 될 것이다. 그러자 그의 마음속에서 비겁하게도 의무를 소홀히 했다는 느낌이나 수치심 같은 것이 일어나고, 자기가 등을 돌리고 떠나버린 저 경멸할 만한, 다채롭고도 잔인하게 돌아가는 삶의 활동에 대한 새로운 에너지, 용기, 기쁨, 사랑 그리고 소속감 같은 것이 용솟음친다면, 그가 그 낯설고 뜨거운 오솔길 위에서 얼마나 멀리 방황을 했건 간에, 그는 그만 되돌아오게 될 것이고, 따라서 살아나게 될 것이다. 그러나 그가 그 들려오는 삶의 목소리에서 공포와 혐오감을 느낀 나머지 움찔해 할 경우, 그리고 그 아련한 회상, 그 활발하고 도발적인 목소리에 대한 그의 반응의 결과로서 만약 그가 고개를 절레절레 흔들며 듣기 싫다는 듯이 한 손을 뒤로 빼면서 자기 앞에 도주로로서 활짝 열려 있는 그 길 위를 앞으로, 앞으로 계속 도망쳐 간다면 … 아, 안 된다! 그렇게 되면 그건 자명한 일이다, 그러면 그는 죽게 될 것이다.[08]

"낯설고 뜨거운 길 위에" 있는 열병 환자가 자기를 부르고 있는 삶의 경고음을 무시한 채 계속 앞으로 도망쳐 간다면, 결국 그는 되돌아오지 못하고 죽게 된다는 이 설명은 병증의 묘사에 불과하지만, 실생활에 뿌리를 내리지 못하고 환상의 세계를 방황하던 하노

08 Ebda., S. 754.

가 죽는 장면으로서는 이보다 더 적절한 묘사가 없다. 이로써 하노는 부덴브로크 가의 가계도(家系圖)에서 자기 이름 아래로는 "더 이상 아무것도 더 기록할 사항이 없을 것"[09]이라던 자신의 예언을 사실로서 입증해 보인 것이다.

토마스 만이 원래 티푸스에 관한 어느 백과사전의 설명문을 참고해서 쓴 것으로 알려져 있는 이 죽음의 묘사는, 그가 초기에 몰두했던 핵심적 체험의 하나인 '병'과 '죽음'의 체험의 본질을 단적으로 보여주고 있다. "되돌아오라!"고 외치는 '삶'의 목소리를 외면하고 죽음의 오솔길을 계속 걸어가는 예술가 기질의 하노 — 이 하노의 죽음과 더불어 크리스찬 부덴브로크한테서 이미 부분적으로 나타났던 저 몰락의 징후들이 드디어 완결되는 것이다.

하노가 떠나간 이제, 부덴브로크 가에서는 친정으로 돌아가려는 하노의 어머니 게르다와 하노의 고모 토니, 그리고 친척, 친지 여인들 … 등 여자들만 쓸쓸히 남아 작별의 차를 마신다. 장편 『부덴브로크 가의 사람들』의 이 마지막 장면은 북부 독일 시민계급의 한 가문이 어떻게 그 허무한 종말을 맞이하는가를 자못 처절하게 보여주고 있다.

독문으로 759쪽이나 되는 장편소설 『부덴브로크 가의 사람들』을 다 읽고난 대부분의 독자들은, 특히 동일시할 만한 서구 시민 계급

09 Ebda., S. 523.

으로서의 애환을 경험해 본 적이 없는 우리나라 독자들은 여기서 일말의 허무감을 느끼게 될 것이다. 정녕 하노마저 죽고, 살아남은 여자들도 서로 헤어져야 한단 말인가? 독자에게 남는 작가의 메시지가 아무것도 없지 않은가? — 이런 자문도 하게 될 것이다.

한때 게오르크 루카치[10]가 분석한 것처럼, 자본주의 세계가 몰락하고 노동자와 농민의 세계가 도래한다는 것을 예고해 주고 있다는 것이 토마스 만의 메시지일까? 하지만 이 당시의 토마스 만은 아직 공산주의를 알지도 못하고 있었다.

작품의 종말에 와서야 새삼스럽게 작가의 뚜렷한 메시지 하나라도 찾으려 한다면, 이 소설을 잘못 읽은 것이다. 독자는 이미 많은 것을 자신의 것으로 받아들인 연후라야 한다. 예컨대, 인생은 무상하고 유전(流轉)·순환하며, 한 가문이 부를 축적하면 그 다음 세대에는 대개 예술을 통해 고귀화, 정신화의 길을 걷게 된다는 진리를 터득했다면, 그리고 이 소설이 보여주는 리얼리티와 상징성을 통해 세상사의 흐름을 총체적으로 통찰하는 법을 배웠다면, 더 이상 또 무슨 사소한 메시지가 필요하단 말인가!

루카치가 말하는 대로, 이 소설은 인간사회의 역사적 발전상을 그 총체성 속에서 뚜렷하게 그려 보여주고 있다. 이를테면, 애초에 부덴브로크 가가 새 집을 사서 들어갔을 때 그 이전의 소유주인

10 1885년에 헝가리에서 태어나 주로 독일어로 글을 쓴 문예미학자 및 문화철학가로서 그의 리얼리즘 이론에서 '총체성'(總體性)을 주요 개념으로 도입하였음.

라텐캄프의 몰락이 잠시 언급된다. 나중에 예의염치를 차릴 줄 모르는 신흥자본가 하겐슈트룀 가가 부덴브로크 가의 저택을 사들이는 장면이 나오는데, 이 대목에 이르러서야 독자는 라텐캄프 가(家) – 부덴브로크 가 – 하겐슈트룀 가로 유전하는 세상의 운행 법칙의 상징성에 주목하게 된다. 또한, 위에 든, 토마스가 누이 토니에게 털어놓는 고백 같은 것은 "열흘 붉게 피는 꽃이 없고 십년 넘는 권세가 없다(花無十日紅 權不十年)"는 동양에도 있는 지혜를 당년 25세의 작가 토마스 만이 삶과 역사에서 이미 체득하고 있었음을 보여주는 대목이며, 소설 『부덴브로크 가의 사람들』의 도처에서 찾아볼 수 있는 빛나는 상징을 숨기고 있는 대목들 중의 하나이다.

4. 하노의 금의환향

『부덴브로크 가의 사람들』이 대성공을 거두어 그 인물들의 희화적(戱畫的) 특징들이 고향 사람들의 입에 오르내리게 되자, 당시 함부르크에 살고 있던 토마스 만의 삼촌 프리드리히 만(『부덴브로크 가의 사람들』 중의 크리스찬에 해당하는 실제 인물)은 조카 토마스 만에게 엽서를 보내면서, "자신의 둥지를 더럽히는 한 마리 슬픈 새(Ein trauriger Vogel, der sein eigenes Nest beschmutzt)"[11]라고 비난한 바 있다.

그러나 비록 토마스 만이 그의 아버지와 뤼벡 시민사회의 기대에

11 Sonja Matthes: Friedrich Mann oder Christian Buddenbrook. Eine Annäherung, Würzburg 1997, S. 16.

부응하지 못하고 뤼벡 시민들의 눈에는 '쓸모없는 인간'일 수밖에 없는 '작가'로 되었지만, 그는 장차 소설 『파우스트 박사』[12]를 써서 나치 죄악의 누명으로부터 독일 민족의 순수성과 독일 문화의 가치를 구하는 데에 큰 기여를 하게 된다. 말하자면, '쓸모없음'을 통해 다시 '쓸모 있게' 되는 것이다.

하노와 마찬가지로, 예술가 토마스 만도 '되돌아오라'는 시민들의 경고음을 '무시하고' 자기의 갈 길을 계속 걸어갔지만, 결국에는 한 바퀴 완전히 돌아 뤼벡의, 아니, 독일의 시민사회로 영광스러운 귀향을 한 것으로도 볼 수 있으며, 이것을 이름하여 '하노의 금의환향'이라고도 부를 만하다.

이런 의미에서 소설 『부덴브로크 가의 사람들』은 어쩌면 독일 교양소설[13]의 현대적 변종으로 규정될 수도 있겠다. 왜냐하면, 교양소설의 전통적 내용이라 할 주인공의 인격적 성숙과 성취는 결여되어 있지만, 작품을 읽는 독자의 교양 함양에는 크게 도움이 되는 소설이기 때문이다.

12 1947년에 토마스 만이 미국에서 발표한 소설로서, 악마와도 같은 나치의 유혹에 넘어가 인류에게 용서받지 못할 큰 죄를 저지른 독일국민이 실은 그 비정치적 낭만성과 순수성 때문에 파우스트처럼 악마의 유혹에 넘어가 이런 참담한 결과에 이른 것이라며, 토마스 만이 자신의 조국과 민족의 비극을 세계에다 해명하고 용서를 구한 작품. 뒤에서 상세히 고찰할 예정이다.

13 이미 고찰한 바와 같이 괴테의 『빌헬름 마이스터의 수업시대』가 그 대표적 예로서, 우리나라에서의 성장소설과 비슷하지만, 주인공과 독자의 교양 형성 과정이 중시되는 소설이다.

5. 토니오 크뢰거의 고뇌와 반어성

부덴브로크 가의 하노는 죽었다. 그러나 하노의 실제 모델이라 할 수 있는 만 가(家)의 후예 토마스 만은 죽지 않고 살아남아서 계속 작품을 써 나갔다. 그것은 마치 베르터는 죽어도 괴테는 살아서 계속 작품활동을 해나간 것과도 흡사하다. 선친의 곡물상 사업과 참정관으로서의 출세 따위에는 무심하고 현실생활에 무능한 채로, 몰락한 가문의 미심쩍은 후예라는 달갑잖은 꼬리표에 늘 괴로워하던 한 문학 청년이 그의 처녀장편 『부덴브로크 가의 사람들』의 성공과 더불어 일약 세계적인 작가로 인정을 받게 되었다.

1903년에 나온 토마스 만의 자전적 중편소설 「토니오 크뢰거」는 이런 토마스 만의 작가적 상황을 잘 형상화하고 있다.

> 그가 처음 등단하자 관계자들 사이에서 많은 박수갈채와 큰 환성이 터져나왔다. 왜냐하면 그가 내어놓은 것은 값지게 세공을 한 물건으로서 유머에 가득 차 있는데다 괴로움을 알고 있는 작품이기 때문이었다. 그리하여 그의 이름은, 한때 그의 선생님들이 꾸짖으면서 부르던 그 이름, 그가 호두나무와 분수와 바다에 부쳐 쓴 첫 시(詩) 아래에다 서명을 했던 그 이름, 남국과 북국이 복합된 그 울림, 이국적인 입김이 서린 이 시민계급의 이름이 순식간에 탁월한 것을 지칭하는 대명사로 되었다. 왜냐하면 거기에는 그의 체험이 고통스러운 철저성에다가, 끈질기게 견디면서 명예를 추구하는 희귀한 근면성이 한데 어울렸기 때문이며

또한 이 근면성이 꾀까다롭고 신경질적인 그의 취향과 싸우면서 격렬한 고통을 느끼는 가운데 비상한 작품을 창조해 내었기 때문이다.[14]

이것은 작가인 토니오 크뢰거라는 인물의 자긍심, 그의 고뇌와 내적 취약성 등이 서술되고 있는 대목이긴 하지만, 이 묘사가 —하노처럼 죽지 않고 계속 살아남아서— 유명작가가 된 토마스 만의 자화상의 일단으로도 읽혀질 수 있음은 말할 것도 없다.

우선, 이 인물의 성명 '토니오 크뢰거'(Tonio Kröger)만 보더라도, 안토니오의 줄임인 '토니오'는 이탈리아식 이름이고, 발음에 긴장을 요하는 O변모음(ö)을 포함하고 있는 '크뢰거'는 전형적인 북독인의 성씨로서, "남국과 북국이 복합된 그 울림" '토니오 크뢰거'에서는 포투갈계 남미 혼혈과 북독인의 피가 뒤섞인 토마스 만 자신의 혈통이 어렵잖게 연상된다.

위에서도 언급했지만, 토마스 만의 아버지는 전형적인 북독인으로서 지체와 품위를 지키려고 애쓰는 도덕적 시민이었으며, 『부덴브로크 가의 사람들』의 토마스와 비슷하다. 토마스 만의 어머니 역시 게르다 부덴브로크와 비슷하여, 예술가 기질을 지녔으나 도덕적인 면에서는 약간 느슨하고 부박하였다. 토니오 크뢰거 역시 이러한 토마스 만적 갈등을 겪고 있는 인물인데, 그는 토마스 만과 마찬

14 Th. Mann: Gesammelte Werke, Bd. 8, S. 291 (Tonio Kröger).

가지로, 부계와 모계, 북국과 남국, 도덕과 정신, 삶과 예술, 시민 기질과 예술가 기질 사이에서 늘 갈등을 겪는 존재이다.

나[토니오 크뢰거]는 두 세계 사이에 서 있으며, 그 어느 세계에도 안주할 수 없습니다. 그래서 약간 어렵게 지내지요. 당신네들 예술가들은 나를 속물이라 부르고, 또 시민들은 나를 체포하려 든답니다. … 나는 이 둘 중에 어느 것이 나를 더 고통스럽게 하는지 모르겠습니다.[15]

토니오 크뢰거가 뮌헨에서 작품활동을 하고 있는 러시아 태생의 여류화가 리자베타에게 고백하고 있는 이 말은 시민성과 예술성 사이에서 갈등을 겪고 있는 토니오 크뢰거 —초기 토마스 만— 의 고뇌를 잘 나타내고 있다. 그는 뮌헨의 예술가들 틈에 끼어 예술가 행세를 하고 있지만, '낮에는 일하고 밤에는 편히 자는' 북독의 자기 고향 사람들의 떳떳한 삶을 동경해 마지않으며, "훌륭한 작품이란 열악한 삶의 압박 하에서만 생겨나고 생활을 앞세우는 자는 글을 쓸 수 없으며 정말 완전한 창조자는 죽어서밖에 될 수 없다는 사실을 알지 못하는"[16] 사이비 예술가들을 경멸한다. 말하자면, 그는 뮌헨의 예술가들처럼 방종한 세기말의 예술가로 되기에는 너무나 북독적인 시민성을 지니고 있고, 자기 고향 사람들의 속물성을 지키

15 Ebda., S. 337.
16 Ebda., S. 291f.

고 살기에는 이미 너무 멀리 예술의 세계로 들어와 있는 "길 잃은 시민(ein Bürger auf Irrwegen)", "길을 잘못 든 속물(ein verirrter Bürger)"[17]이었던 것이다.

이렇게 두 세계 사이에서 그 어느 쪽에도 완전히 속하지 못한 채 두 세계에 다 거리를 취하는 작가적 태도, 또는 거기서 파생되는 서술기법을 '반어'(Ironie)라 하며, 초기 토마스 만 문학의 중요한 특징이라는 것은 위에서도 이미 잠깐 언급한 바 있다. 반어라 함은 사물과 상황을 늘 좀 삐딱하게 바라보면서, 두 가지 입장 중 중간자적 시점을 택하는 태도로서, 이런 화자가 소설을 서술해 나간다면, 그 소설은 필연적으로 명확한 방향성의 메시지를 결여하게 되는 대신에 인생이나 사물의 총체성을 보여주게 되는 것이다. 앞서, 『부덴브로크 가의 사람들』이 뚜렷한 메시지 없이 끝나는 것도 작가의 이런 반어적 태도와 무관하지 않다.

17 Ebda., S. 305. 여기서 독일어의 "Bürger"가 '시민'이란 의미 이외에 '속물'이란 의미도 아울러 지니고 있음에 유의할 것.

II. '나르시스적 예술가'에서 '실천적 작가'로
―『마의 산』과 『요셉과 그의 형제들』

1. 『마의 산』―반어성의 극복

초기 토마스 만 소설의 특징이라 할 수 있는 반어성은 1924년에 나온 그의 대표작 『마의 산』(Der Zauberberg)에서도 아직 엿보이고 있는데, 청년 주인공 한스 카스토르프가 '마의 산'에서의 자신의 두 멘토라 할 세템브리니와 나프타 중에서 일단 아무 편도 들지 않고 중간자적 입장을 취하는 것이 그 징후이다.

> 한 단순한 청년이 한여름에 그의 고향도시인 함부르크로부터 그라우뷘덴 주(州) 다보스를 향해 여행하였다. 그는 3주 예정으로 방문차 이곳으로 왔다.[18]

장편소설 『마의 산』은 이렇게 시작한다. '한 단순한 청년'이란 말에 접하여 독일의 독자는 금방 '교양소설'의 주인공이 '특출한 천재'가 아니라 '단순한 청년'일 필요가 있다는 점을 상기하게 될 것이고, 이 청년이 상업도시 함부르크로부터 스위스의 고산지대로 여행을 한다는 점에서 건전한 시민사회로부터 '병'이 지배하는 '요양원'으

18 Th. Mann: Gesammelte Werke, Bd. 3, S. 11 (Der Zauberberg).

로 오게 되었다는 이 소설의 독특한 공간적 설정을 이해하게 될 것이다. 말하자면, 이 청년은 '저 아래'(dort unten)의 시민세계로부터 '이 위'(hier oben)의 '병'과 '죽음'의 세계로 들어온 것이다.

중세 유럽에서는 황금을 얻기 위하여 연금술이란 일종의 화학 실험이 행해지곤 했다. 연금술사들은 증류기 비슷한 밀폐된 공간에다 각종 금속들을 섞어 넣은 다음, 고도의 열을 가하는 실험을 시도하곤 했다. 한 단순한 젊은이를 인간사회에서 잘 살아갈 수 있는 성숙한 교양인으로 고양시키는 데에도 이런 연금술적 방법 비슷한 것이 있을까? 연금술이 이미 실패한 낡은 방법일진대 현대에 와서 그런 인간 교화법을 상상한다는 것 자체가 말도 안 되는 소리다. 그러나 소설가에게는, 특히 한 젊은이의 정신적 성장과 교양과정을 중시하는 독일의 소설가에게는 이런 연금술적 발상이 전혀 무가치한 것만은 아니다. 말하자면, 토마스 만은 이 요양원을 바로 이런 '연금술적 폐쇄 공간'으로 원용하여 일종의 현대판 교양소설을 쓰는 것이다.

'마의 산'이라는 제목부터가 이미 괴테의 『빌헬름 마이스터의 수업시대』 이래의 독일 교양소설의 주인공들이 마음껏 활보하던 '인간 사회' 또는 '세계'가 아니라, 스위스 고산지대의 소읍 다보스(Davos)에 있는 한 고급 호텔식 폐결핵요양소 '베르크호프'를 가리키는 은유이다. '이 위'의 의사들은 환자를 건강인으로 치유하여 '저 아래'로 돌려보내는 데에 열과 성을 쏟는다기보다는 환자들을 가능한 한 오래 붙잡아두고 '저 아래'의 돈 많은 보호자들한테서 고액의 치료비 송금을 받는 데에 더 큰 재미를 붙이고 있다. '이 위의' 환자들 역시 '저 아래의' 현실생활과는 더 이상 아무런 유대감도 느끼지 못하기 때문에 거의 '방종'에 가까운 "무속박(Ungebundenheit)"[19]의 '자유'를 누리게 되며, 그들의 도덕적 의식조차도 건전하다기보다는 다소 타락한 경향을 띠게 된다. 이렇게 '마의 산'의 일상에서는 노동과 생산은 거의 없고 음식 소비와 육체의 탕진이 있고, 인텔리 환자들 간에는 공허한 대화와 논쟁이 주된 생활이 된다.

이제 막 조선(造船) 기사 시험에 합격하여 곧 직장에 나가기로 되어 있는 23세의 "한 단순한 청년" 한스 카스토르프가 '저 아래' 함부르크로부터 '이 위'의 다보스에 도착한다. 환자로서 입원하는 길이 아니라 이미 입원해 있는 사촌형을 문병하기 위해 3주 예정으로 이곳에 온 것이다.

그러나 카스토르프 청년은 '이 위'의 자본주의적이고 퇴폐적인 분위기에 젖어 지내는 동안, 쇼샤 부인이라는 러시아 출신의 환자에게 마음이 끌려, 베르크호프라는 이 '폐쇄 공간'에 더 머무르고 싶은 애착을 느끼게 된다. 환자로서 이곳에 머물고 있는 이탈리아 출신의 인문주의자 세템브리니는 카스토르프 청년의 이러한 마음을 진작 눈치 채고 당장 기차를 타고 '저 아래' 세상으로 되돌아가기를 권하지만, 청년은 그의 충고를 듣지 않고 계속 '이 위'에 머물면서, 쇼

19 Ebda., S. 115.

샤 부인에게 접근할 기회를 엿보며 우물쭈물 귀가를 미루고 있던 차에, 다행인지 불행인지 그 사이에 그 자신도 그만 병에 감염되었다는 진단을 받게 된다.

그는 하루에 다섯 끼씩 중후한 식사를 하고 폐가 반밖에 남아 있지 않은 시한부 인생들과 산보를 함께하는가 하면 어제까지도 방탕한 생활을 하던 중환자들의 병실이 오늘은 이미 소독이 끝나고 새로운 환자로 채워지는 광경을 목도한다. 또한, 그는 쇼샤 부인의 유혹에 빠지기도 하고, 의사 베렌스의 미심쩍은 진찰과 조수 크로코프스키의 이상한 정신분석 강연에 귀를 기울이기도 하며, 오직 군인으로서 건전하게 살고자 했던 사촌의 애석한 죽음을 지켜보아야 했다. 그는 자본주의적 타락의 공간인 이 요양원에서 '오늘이 어제 같고 내일도 오늘과 같을 수밖에 없는' 취생몽사 상태에 빠져 7년이란 긴 세월을 보내다가 제1차 세계대전이 발발해서 요양원이 폐쇄되는 시점이 되어서야 비로소 하산하여 독일군으로 참전한다. 그는 포탄이 난무하는 전장에서 '보리수' 노래를 부르며 행군해 간다.

이것이 소설 『마의 산』의 대강의 줄거리인 셈인데, 이 소설은 말하자면 제1차 세계대전이 발발하기 전의 7년 동안 다보스의 한 요양원에서 한 청년을 둘러싸고 일어나는 사소한 사건들과 그의 두 멘토라 할 수 있는 세템브리니와 나프타 사이에 벌어지는 시대적 거대 담론들을 기록하고 있는 시대소설(Zeitroman)이다. 그러나 그 '폐쇄 공간'이 '죽음'과 직결되어 있고 주인공의 대부분의 체험이 '죽음' 및 '시간'과 연관을 맺고 있다는 점에서 일종의 시간소설(Zeitroman)이기도 하다. '시대-및 시간소설'이라 할 이 소설의 축약판이라 할 수 있는 '눈(雪)의 장'에서, 한스 카스토르프는 스키를 타고 설원을 헤매다 정신을 잃은 채 눈더미 위에 쓰러져 죽음에 이르기 직전의 몽환 상태 속에서 추악한 '죽음'의 실체를 보고, "인간은 자애와 사랑을 위해 자기 사고(思考)의 지배권을 죽음에다 내맡겨서는 안 된다"[20]는 사실을 깨닫게 된다.

여기서 한스 카스토르프는 —따라서, 토마스 만은— '삶'과 '죽음'이라는 두 세계 사이에서의 반어적 태도를 처음으로 버리고 단연 '삶'의 편에 서는 것처럼 보인다. 그러나 이 깨달음 직후에 바로 실천이 뒤따르는 것은 아니다. 주인공은 그날 저녁에 이미 그 중대한 깨달음을 씻은 듯이 잊어버리고 다시금 몽롱한 정신상태로 되돌아가 취생몽사와 다름없는 오랜 무기력과 둔감 상태에 빠진다. 하지만 '단순한 청년' 카스토르프는 이렇게 함으로써만 '마의 산'에서의 자신의 역할, 즉 '연금술적 실험'의 대상으로서의 역할에 충실할 수 있는 것이다. 그는 합리주의자 세템브리니의 가르침과 예수회의 신도이며 공산주의자 및 테러리스트이기도 한 나프타의 궤변 사이를 오락가락하기도 하고, 민헤르 페퍼코른의 굉장한 감정 분출의 행태를 경탄하기도 한다. 이런 가운데, 3주 예정의 휴가 여행이 어느 사

20 Ebda., S. 686.

이에 7년의 요양원 체류가 되고, 마침내 제1차 세계대전이 발발하고 나서야 비로소 한스 카스토르프는 타율적으로 '마의 산'에서 내려와 전장으로 향하게 된다. 그가 이 '죽음의 잔치' 마당에서 '삶'의 마당으로 되돌아 올 가능성은 희박한 것으로 보인다.

말하자면, 이 소설 속에서는 한 '단순한' 청년이 '죽음'의 체험을 하고난 다음에 인간으로서의 성숙과 고양을 얻고 그 다음에 다시 '죽음의 잔치'라 할 수 있는 제1차 세계대전이라는 세계사의 커다란 분류(奔流)에 휩쓸려 또다시 '전사'라는 형태의 '죽음'을 앞두게 되는데, 그가 7년 동안의 취생몽사 끝에 마침내 얻게 된 서구 정신사의 축약적 체험과 인간적 성숙이 전사(戰死) 직전의 상황에서 대체 무슨 의미가 있을 것인가?

중요한 것은 한스 카스토르프와 함께 '마의 산'의 온갖 체험을 함께 겪고 마침내 제1차 세계대전에까지 이른 독자들이 주인공의 '마의 체험'을 통하여 간접적으로나마 인간으로서의 '고양'을 얻게 된다는 사실이다. 토마스 만이 자신의 독자들에게 이 책을 두 번 읽기를 권한 까닭도 '죽음'보다는 '삶'의 편을 택한 주인공의 깨달음을 간접적으로나마 추체험해 보고 이 보편적 가치를 다시 한 번 인식하기를 원했기 때문일 것이다. 이 작품을 곰곰이 읽는 독자는 서구 정신사를 ―그 감성적 구체성 속에서― 축약적으로 체험하게 된다. 그리하여 마침내는 20세기의 '연금술사' 토마스 만을 발견하는 인식의 즐거움을 얻게 될 것이다. 여기서 독자가 얻게 되는 것은 '금'

이 아니라 '교양'이다. 토마스 만은 전통적 의미의 교양소설을 『마의 산』이란 '현대소설'로 약간 찌그러뜨려 놓은 것으로도 볼 수 있다. 주인공이 어떤 교양목표에 도달하는 것이 중요한 것이 아니라, 결국 독자가 인생으로부터 총체적 인식을 할 수 있도록 만드는 그런 현대적 교양소설 내지는 인식소설 말이다.

2. '한 비정치적 인간'의 정치적 개안

그것이 과연 어떤 인식인가? 여기서, 한스 카스토르프가 설원(雪原)의 꿈속에서 깨달은 인식, 즉 "인간은 자애와 사랑을 위해 자기 사고(思考)의 지배권을 죽음에다 내맡겨서는 안 된다"는 이 인식을 다시 한 번 찬찬히 음미해 볼 필요가 있다. 이게 무슨 말인가? '자애와 사랑'이라고 '두 단어, 한 의미'(二語一想)의 어구를 쓴 것은 '사랑'이 가진 여러 의미들 중에서 가장 중요한 의미, 즉 보편적 인간애를 말하기 위한 방편이다. 그렇다면, 주인공이 깨달은 것은 결국 '죽음'을 극복하고 인간에 대한 '사랑'을 통해 '삶'의 길로 나아가란 의미가 아닌가! 이런 평범한 진리를 말하기 위해 작가 토마스 만은 독문 994쪽에 달하는 긴긴 소설을 썼다는 말인데, 아무래도 좀 이상하지 않은가?

이에 대한 명확한 해답을 얻기 위해서는, 우선 노발리스 이래의 독일 낭만주의와 그 대표적 특징이라 할 수 있는 '죽음에 대한 공감'(Sympathie mit dem Tode), 그리고 그 사회사적 의미를 알고 있어야 한다. 일찍이 괴테가 『빌헬름 마이스터의 수업시대』에서 미뇽과 하프타는 노인을 죽게 만들고, 시민 빌헬름 마이스터를 귀족 나탈리에와 결혼하게 만든 것과 같이, 토마스 만도 『마의 산』에서 마침내 독일 낭만주의와의 결별을 선언하고 결국에는 민주주의자 세템브리니의 편에 서는 행보를 택하게 되는 것이다. 이 비(非)반어적 '편들기'는 반어적 작가 토마스 만에게는 매우 하기 어려운 선택이었으며, 드러내놓고 말하고 싶지 않은 자기 수정이기도 하다. 사실 토마스 만은 진작부터 프랑스적 민주주의를 신봉한 형 하인리히 만과는 달리, 독일적인 특성을 낭만주의에서 찾으려 했고 작가로서도 '죽음에 대한 공감'으로부터 출발했기 때문에, 정치적으로는 빌헬름 황제 영도하의 독일 군국주의 체제가 제1차 세계대전에서 이겨야 전통적 독일정신이 인류사에서 잘 보전되고 독일문화가 찬연히 꽃을 피울 수 있을 것으로 잘못 인식하고 있었다. 1919년에 나온 그의 에세이집 『한 비정치적 인간의 고찰』에서는 이와 같은 그의 시대에 뒤떨어진 정치적 견해가 표출되어 있으며, 여기서 그는 자신의 형 하인리히 만을 가리켜 '문명 문사'(Zivilisationsliterat)로 폄칭하면서 자신의 보수주의적 정치관을 피력하고 있다. 그러나 제1차 세계대전의 패전과 함께 타율적으로 출범한 독일 민주공화국인 바이마르공화국이 위기에 처하고 나치당의 발호와 그 정치적 작패(作悖)가 시작될 조짐이 보이자 토마스 만은 1922년의 연설 「독일적인 공화국에 대하여」(Von Deutscher Republik)에서, 바이마르공화국이야말로 독일정신에 부합되는 '독일적'인 정치체제라며 바이마르공화국의 민주주의 체제를 처음으로 옹호하고 나선다. 1912년부터 집필 중이던 소설 『마의 산』에서 부정적이고 희화적인 인물로 묘사되어 오던 '문명 문사' 세템브리니도 1922년부터 소설이 발표되던 1924년 사이에 조금씩 긍정적인 인물로 개작된 흔적도 엿보인다. 주인공 한스 카스토르프는 세템브리니와 나프타 사이에서 끝까지 반어적 태도를 견지하지만, 종국의 결투 장면에 이르러 나프타가 죽는 것으로 끝나는 것을 보면, 작가 토마스 만이 마지막에는 그래도 세템브리니의 손을 들어준 것만은 분명하다. 이런 관점에서 볼 때, 『마의 산』은 토마스 만의 정치적 개안(開眼) 과정을 기록하고 있는 작품이기도 하다. 소설 『마의 산』이 제1차 세계대전의 발발과 더불어 종결되고 있는 것도 이런 점에서 결코 우연이 아니다. 『마의 산』의 '머리말'에서 이 소설이 "우리의 삶과 의식을 깊이 갈라놓는 그 어떤 전환점 내지는 경계점 *이전에* 일어난 이야기"(daß sie [unsere Geschichte] *vor* einer gewissen, Leben und Bewußtsein tief zerklüftenden Wende und Grenze spielt)[21]라는 사실이 강조되고 있는 것도 제1차 세계대전이 이 소설을 위해서 —그리고 작가 토마스 만 자신을 위해서도— 중대한 '전환점'이었으며 일대 '분기점'이었기 때문으로 이해된다.

이처럼 『마의 산』은 변형된 현대적 교양소설이고, 독자를 위한

21 Ebda., S. 9.

인식소설이며, 작가가 자신의 정치적 개안을 기록한 시대소설이라는 여러 면모를 지니고 있다. 또한, 작가 토마스 만의 서술적 태도 및 서술기법의 차원에서 볼 때에는 아직도 반어성(Ironie)이 많이 엿보이고 있기는 하지만, 그것이 차츰 극복되어 해학성(Humor)의 차원으로 올라가는, 즉 그의 후기 소설들로 나아가는 길목—공지영의 의미에서의 '글목'[22]—의 성격도 아울러 지니고 있다.

3. 『바이마르에서의 로테』—국수주의적 신화에 대항하는 인문적 신화

후기 토마스 만에 대해 논하려는 것 자체가 일종의 방대한 독자적 기획으로 부풀어 오르게 된다. 하지만 여기서는 『바이마르에서의 로테』와 '요젭소설'을 중심으로 간략하게 짚고 넘어가는 방식을 취하도록 하겠다.

우선, 『바이마르에서의 로테』(집필시기: 1936-1939)와 '요젭소설'(집필시기: 1928-1943)이 나오기 전후에 토마스 만이란 개인과 그를 둘러싼 국가, 사회 및 세계의 변화에 대한 짤막한 개관이 필요할 것으로 보인다.

앞서 언급한 대로 '한 비정치적 인간' 토마스 만의 정치적 개안은 1922년부터 점진적으로 이루어졌다. 우선, '한 비정치적 인간'이란 개념부터가 토마스 만이 니체한테서 빌려온 것이며, '비정치적'이

22 공지영. 맨발로 글목을 돌다, 문학사상, 2010년 12월호 참조.

란 말 자체가 '낭만적', '독일적', '정신적으로 귀족적'이라는 어감을 풍기고 있음에 유의할 필요가 있다. 이것은 토마스 만이 자신의 길이 그의 형 하인리히 만의 보편적, 민주주의적인 길과는 다름을 자랑스럽게 표현하던 말이다. 그러던 토마스 만이 1922년부터 점차적으로 민주주의자, 공화주의자로 변신해 간 것이다. 1933년에 드디어 히틀러가 집권하자, 그는 이듬해에 거처를 스위스로 옮겼다. 그러나 꼼꼼하고 주도면밀한 생활인이기도 했던 토마스 만은 판권, 인세수입의 은행계좌 송금, 뮌헨에 두고 온 재산 등을 고려하여 히틀러 정권을 자극하는 일체의 정치적 발언만큼은 삼가고 있었다. 하지만 당시 이미 독일의 대표적 작가의 한 사람으로 꼽히던 그가 나치 독일에 맞서 파리 등지에서 어려운 투쟁을 벌이고 있던 다른 동료 작가들(그들 중에는 자신의 형 하인리히는 말할 것도 없고 아들 클라우스 만과 딸 에리카 만도 있었다)과는 달리 언제까지나 어정쩡한 침묵을 지키고 있기만은 어려운 노릇이었다. 그러던 중 1936년 초에 스위스의 문필가 코로디(Eduard Korrodi)가 어느 일간지의 기고문에서, 독일의 망명문학이란 대개 유태인 중심으로 전개된 문학이며, 예컨대 스위스에 체류 중인 토마스 만 같은 작가는 유태인이 아니기 때문에 적극적인 의미에서의 망명작가로 보기는 어렵다는 견해를 내어놓았다. 이를 계기로 하여 토마스 만이 단순한 외국체류자인가, 아니면 히틀러 정권으로부터 망명한 작가인가 하는 이른바 '망명자 논란'이 벌어졌는데, 그때 파리에서 하인리히 만과 더불어 망명활동을 벌이고 있던 딸 에리카와 아들 클라우스의 간절한 호소와 재촉에 따라, 토마스 만은 1936년 2월 3일자 「새 취리히 신문」에다 코로디에게 보내는 공개서한을 내고 자신도 망명작가의 일원임을 마침내 공개적으로 천명하고 나섰다. 이로써, '한 비정치적 인간'은 불가피하게도 '정치적' 소용돌이에 휘말리게 되었고, 그해 12월 나치 정권은 그의 독일 국적을 박탈했으며, 그 여파로 본(Bonn) 대학은 그에게 수여한 명예박사 학위를 취소하기에 이르렀다. 본 대학 철학부 학장에게 보낸 토마스 만의 1936년 12월 31일자의 항의 서한은 당시 토마스 만의 정치적 견해를 기록, 증거하고 있는 유명한 자료이다. 이를 계기로 토마스 만은 명실상부한 망명작가의 일원으로 되었으며, 1939년 스위스도 더 이상 안전지대가 못 되자, 그는 다시 미국으로 망명하였다.

이 무렵의 토마스 만은 구약성서 창세기에 나오는 야콥과 요젭의 이야기를 현대소설로 풀어내는 이른바 '요젭소설'(Joseph-Roman)을 집필 중이었다. '요젭소설'의 원명은 『요젭과 그의 형제들』(Joseph und seine Brüder, 1928-1943)이며, 「야콥 이야기」, 「청년 요젭」, 「이집트에서의 요젭」, 「부양자 요젭」 등 4부작으로 되어 있는데, 1926년 12월에서 1936년 8월까지, 그리고 1940년 8월부터 1943년 1월까지의 기간 동안, 즉 약 12년의 기간 동안에 —총 연수로는 16년간에 걸쳐 — 집필된 작품이다.

그 사이의 기간, 즉 1936년부터 1939년까지의 약 4년 동안은 주로 『바이마르에서의 로테』(Lotte in Weimar, 1936-1939)의 집필에 할애되었다. 여기서 중요한 것은 토마스 만이 1936년부터 1939년까지의 약 4년 동안 왜 '요젭소설'의 집필을 잠정적으로 중단하고 『바이마르에서의 로테』의 집필로 넘어가게 되었을까 하는 이유이다. '요젭소설'은 당시 토마스 만 자신이 보기에도 "시대와는 접점이 거의 없는 대작"[23]이었기 때문에, 토마스 만은 구약 성경 이야기를 잠시 접어두고, 보다 독일적인 소재, 보다 시사적인 접점이 있는 괴테의 이야기를 쓰게 된 것으로 보인다.

이 '괴테소설'은 『젊은 베르터의 고뇌』에 나오는 로테의 실제 모델 샤를로테 부프가 장성한 딸을 대동하고 괴테를 만나러 바이마르로 온다는 이야기를 근간으로 하고 있지만, 실은 바이마르에서의 괴테의 생각과 그의 문화적 입장을 전달하는 데에 초점이 맞추어져 있는 고도로 정치적인 작품이다. 게르만 신화를 앞세워 국수주의적 흥륭과 제국주의적 팽창을 기획하고 있던 히틀러 정권에 대항해서 작가 토마스 만은 이 작품을 통해 괴테와 바이마르 고전주의 시대의 인문성과 그 위대성을 보여주고자 했던 것이다.

1937년 5월에 토마스 만은 스위스에서 「절도와 가치」(Maß und Wert)라는 잡지를 펴내고 그 창간호에 『바이마르에서의 로테』의 일부를 게재한다. 여기서 토마스 만은 잠시 '요젭소설'의 시간 및 공간

23 Thomas Manns Brief an G. B. Fischer, 24. August 1933.

보다는 보다 독일에 가까운, 따라서 보다 자기 시대의 문제와 직결되는 '괴테소설'에 전념하게 되는 것이다. 이 소설에서 토마스 만의 등장인물 괴테는 다음과 같은 독백을 하고 있다.

> 불행한 민족! 이 민족의 끝장이 좋을 리 없어. 도무지 제 자신을 이해하려 들지 않는단 말이야! 자기 자신을 오해하면 언제나 남의 웃음거리가 될 뿐만 아니라 세계의 미움을 사고 자신을 극도로 위험한 상태에 빠뜨리는 법이지. 즉, 독일인들이 자기 자신을 배반하고 자신들의 분수를 지키지 않는다면, 운명이 그들을 벌하고 말 거란 것이지. 운명은 그들을 유태인들처럼 온 지구 위에 산산이 흩어놓을 거야. 그것도 당연한 것이 독일인들 중 가장 훌륭한 사람들은 늘 망명 중에 살았거든. 그리고 망명 중에야 비로소, 흩어져서야 비로소 그들은 자신들 속에 내재해 있는 풍부한 선성(善性)을 한껏 발휘하여 다른 민족들의 아픔을 어루만져 주면서 이 지상의 소금이 될 수 있을 것이야….[24]

작중 인물 괴테의 이 말은 19세기 초 독일의 낭만주의자들이 편협한 애국주의로 흐르는 것을 우려하고 당시 독일의 지성인들이 문화적으로 보다 열린 자세를 취해야 함을 역설하고 있는 것이지만, 사실 토마스 만은 국제적으로 열린 이와 같은 괴테의 정신적 자세

24 Th. Mann: Gesammelte Werke, Bd. 2, S. 664f. (Lotte in Weimar).

를 소개함으로써 국수주의적 나치당과 그 치하에 있는 현재 독일인들의 근거 없는 인종주의적 오만과 위험한 정치적 망상을 비판하고 있는 것이며, 자기 자신을 포함한 많은 독일 작가들이 현재 망명 중에 있게 된 조국 독일의 정치적·문화적 현실상황에 대해 경종을 울리고 있는 것이다.

4. **'요젭소설'**–인간주의적 초월과 해학

이와 같이 토마스 만은 『바이마르에서의 로테』에서 독일인들 중에서의 긍정적 인물 괴테를 내세워 자기 자신의 시대적 발언을 하고자 했다. 하지만 그는 잠시 중단했던 '요젭소설'로 다시 되돌아와야 했다. 당시 토마스 만은 '요젭소설'의 제4권, 즉 「부양자 요젭」을 쓰고 있는 단계였다.

그런데 그동안 토마스 만은 『바이마르에서의 로테』의 출간과 그 반응, 그리고 작가 자신의 그동안의 미국 체험 등이 서서히 작용한 결과로, 특히 미국 프린스턴 대학에서의 객원교수 생활, 유럽 각지에 갇힌 신세가 된 독일망명객들을 미국으로 구출해 오기 위한 '긴급 구조위원회'의 일원으로서의 활동 경험, 그리고 영국 BBC방송을 통해 「독일에 계신 청취자 여러분!」(Deutsche Hörer!)이란 방송연설 시리즈를 시작하게 된 경험 등을 통하여 '요젭소설'이 지닐 수 있는 시사적, 시대적 의미를 새로이 자각하게 된다.

파시즘을 지원하고 있는 지식인들한테서 신화를 빼앗아 그 신화를 인간적으로 만들어야 합니다. 오래 전부터 저[토마스 만]는 바로 다름 아닌 이 일을 해 오고 있습니다.[25]

토마스 만의 이 말은 『바이마르에서의 로테』를—그리고 나중에는 '요젭소설'을— 통해서 그가 궁극적으로 추구하고 있는 목표가 무엇인지를 자신이 뚜렷하게 의식하게 되었음을 단적으로 잘 드러내 주고 있다.

『요젭과 그의 형제들』에서의 요젭은 처음에는 토마스 만의 모든 작품에서 흔히 발견되는 예술가 기질의 나르시스로 출발한다. 그런데 이 나르시스가 두 번이나 '구덩이'(Grube)에 처박히는 시련을 겪고 나서, 「부양자 요젭」에 이르면, 낯선 땅 이집트에서 성공할 뿐만 아니라 고향에서 건너온 형제들의 부양자로 된다. 이리하여 요젭은 "위와 아래의 중재자(Mittler zwischen oben und unten),"[26] 또는 '하늘과 땅의 중개자'(Mittler zwischen Himmel und Erde),[27] 즉 헤르메스 신의 면모를 띠게 된다. 예술가 기질의 인물이 뜻밖에도, '시민적 실천행위'까지도 훌륭히 수행해 내는 경세가로 변모하게 되는 것이다.

즉, '요젭소설'은 애초 토마스 만이 의도했던 무시간적, 초시대적,

25 Thomas Manns Brief an K. Kerènyi, Pacific Palisades, California, 7. September 1941.

26 Th. Mann: Gesammelte Werke, Bd. 5, S. 1454 (Joseph der Ernährer).

27 Ebda.

신화적 소설에서 — 토마스 만이 미국 망명체험을 거치는 동안 — 차츰 시대적, 정치적 소설로 바뀌게 되는 것이다.

'위대한 내면성'의 과정으로서의 이야기가 그 방향을 바꾸게 되었다. 그 대신에 사회적인 활동의 이야기가 나타난다. … 이로써 이 소설의 초반에 설정되었던 이야기의 초(超)시간성도 동시에 사라진다.[28]

이와 같은 변화를 가능하게 해준 것은 말할 나위도 없이 그 사이에 작가 토마스 만이 미국 망명생활을 겪었기 때문이다. 만약 토마스 만이 뮌헨에, 적어도 스위스에라도, 그냥 계속 머물러 이 작품을 썼더라면, 그리고 만약 토마스 만이 미국에서 긴급 구조위원회에서 망명자들을 돕는 일을 하지 않았더라면, 그리고 루스벨트 대통령의 뉴딜정책과 경세가로서의 그의 면모를 경험하지 않았더라면, 이 소설의 이와 같은 변모는 상상할 수도 없을 것이다.

이 소설의 끝 장면에서 요젭은 그의 형제들에게 다음과 같이 말한다.

제가 심한 철부지 행동으로 형들을 자극하여 악한 일을 하도록 한 것

28 Klaus Schröter: Vom Roman der Seele zum Staatsroman. Zu Thomas Manns "Joseph-Tetralogie", S. 111, in: Heinz Ludwig Arnold (Hrsg.): Thomas Mann. Sonderband aus der Reihe Text+Kritik, Zweite, erweiterte Aufl., München 1982, S. 94-111.

도 다 하느님의 비호 하에 있었던 일이었습니다. 그리하여 하느님께서는 이것을 물론 좋은 귀결이 되도록 섭리하시어 제가 많은 사람들을 부양하고 거기다가 또 이렇게 철이 들도록 해 주신 것이지요. 만약 우리들 인간들 사이에서 그래도 용서가 문제로 된다면, 용서를 빌어야 하는 쪽은 바로 저입니다. 왜냐하면 모든 것이 이렇게 잘 풀리기까지 악역을 하지 않으면 안 되었던 쪽은 형들이니까요. 그런데 이제 제가 형들에게 사흘 동안 구덩이 안에 가뒀던 벌을 앙갚음하기 위해 파라오의 권력을 남용하란 말입니까? 그리하여 하느님께서 잘 다스려 놓으신 것을 다시금 악하게 만들란 말입니까? 제가 마음 놓고 한번 웃지도 못하게요? 단지 권력을 쥐고 있다는 이유만으로 정의와 이성에 반하여 권력을 남용하는 사나이야말로 사람을 웃기는 것이지요. 만약 그 자가 오늘은 아직 웃음거리가 안 되고 있다 할지라도 미래에는 꼭 그렇게 되고 말 겁니다. 그러니 이제 우리도 미래의 편에 서서 나아가십시다.[29]

요젭의 이 말은 예술가 기질을 넘어서서 '국민들의 부양자'로 발전하고 '시민성'을 다시 획득한 경세가의 언행이다. 특히, "제가 마음 놓고 한번 웃지도 못하게요?"라고 되묻는 그의 태도에는 초기 토마스 만의 고뇌 어린 '반어성'의 흔적은 더 이상 보이지 않는다. 여기서 우리는 "두 세계 사이에서" 수평적, '반어적'(ironisch) 거리를

29 Th. Mann: Gesammelte Werke, Bd. 5, S. 1821f. (Joseph der Ernährer).

지닌 채 괴로워하던 초기 토마스 만이 '해학'(諧謔, Humor)의 경지로 드높이 올라가 초기의 모든 모순과 갈등을 초월하고 있음을 볼 수 있다.

뿐만 아니라, "단지 권력을 쥐고 있다는 이유만으로 정의와 이성에 반하여 권력을 남용하는 사나이야말로 사람을 웃기는 것이지요. 만약 그 자가 오늘은 아직 웃음거리가 안 되고 있다 할지라도 미래에는 꼭 그렇게 되고 말 겁니다"라는 요젭의 말도 1943년 당시 미국에 망명해 있던 독일 작가 토마스 만의 반(反)히틀러 발언으로도 읽힘은 말할 나위도 없다.

이 대목의 요젭은 더 이상 나르시스가 아니다. 요젭이 이집트에서 낳은 첫아들을 히브리어로 "하느님께서 나로 하여금 내 모든 인연들과 내 고향집을 잊게 하셨도다"[30]라는 의미인 '마나세'(Manasse)라 이름 짓고, 둘째 아들을 "하느님께서 유형의 나라에서 나를 크게 만드셨도다"[31]라는 의미인 '에프라임'(Ephraim)이라 이름 지었는데, 이는 고향을 떠나 이집트에서 크게 된 요젭의 삶의 과정을 요약하고 있을 뿐만 아니라, 고국을 떠나 망명지 미국에서 큰 인정을 받고, '긴급 구조위원회'의 일을 돕고, 수많은 강연들을 통해 '독일과 독일인의 선한 진면목'을 알리기 위해 노력하는 작가 토마스 만 자신, 즉 '활동하는 작가'가 된 토마스 만 자신을 암시하고 있기도 하다.

30 Ebda., S. 1528.
31 Ebda., S. 1535.

5. '나르시스적 예술가'에서 '실천적 작가'로

뤼벡 시민계급의 후예가 '길을 잃어' '나르시스적 예술가'로 되고, 이 예술가가 다시 '실천적 작가', 즉 이국땅에서 새로운 '세계시민'(Weltbürger)으로 고양되는 것이다. 이 고양을 위해 반어적 고뇌가 있었고, 망명이라는 시련이 있었다. 그러나 토마스 만은 요젭과 마찬가지로 이 시련이 하느님의 '섭리' 안에 있었음을 그의 작품과 망명지에서의 연설들을 통해 입증해 보였다. 그리하여 일찍이 『부덴브로크 가의 사람들』을 써서 "그 자신의 둥지를 더럽히는 한 마리 슬픈 새(ein trauriger Vogel, der sein eigenes Nest beschmutzt)"[32]가 되었던 토마스 만은 결국 세계문학사에 길이 빛나는 불사조가 되어 그 자신의 '둥지' 뤼벡과 온 독일을 빛내게 되는 것이다.

작가 토마스 만의 위대성은 우리의 시인 윤동주처럼 한 점 부끄러움도 없는 그의 삶에 있는 것이 아니라, 여러 가지 인간적 단점과 오류에도 불구하고 자신의 작품들을 정성을 다해 완벽에 가깝게 세공해 낸 그 성실성과 근면성에 있지 않을까 싶다.

32 Klaus Schröter (Hrsg.): Thomas Mann im Urteil seiner Zeit. Dokumente 1891-1955, Hamburg 1969, Rückseite des Buchumschlages. Vgl. auch Sonja Matthes: Friedrich Mann oder Christian Buddenbrook. Eine Annäherung, Würzburg 1997, S. 16.

III. 『파우스트 박사』
—독일과 독일인에 대한 '은총'과 '용서'를 빌다

1. 신화적 세계로부터 시급한 '독일 문제'로

토마스 만이 4부작으로 이루어진 그의 방대한 소설 『요젭과 그의 형제들』을 탈고한 것은 1943년이었는데, 이것은 제2차 세계대전이 한창인 시점으로서 미국 내에서는 적국(敵國) 독일에 대한 비난의 여론이 들끓던 시기였다. 자신의 조국 독일과 전쟁에 돌입해 있는 미국에 망명해서 살고 있던 독일작가 토마스 만의 이 무렵의 삶이 편치 않았을 것임은 쉽게 상상할 수 있다. 물론, 그는 나름대로 영국의 BBC 방송의 고정 프로그램이었던 「독일의 청취자 여러분!」을 통해 국내 독일인들을 향해 독일작가 및 미국망명객으로서의 자신의 발언과 호소를 계속하는 한편, 유럽이나 남미 각국에 흩어져 고생하고 있던 독일의 망명 시인이나 망명 예술가들을 미국으로 데려오는 활동 등에 헌신하고 있기는 했다. 하지만 지금까지의 그의 작가로서의 일상적 작업이 『요젭과 그의 형제들』을 완성하는 데에 집중되었던 만큼, 구약 성경의 세계와 이집트의 신화 및 고대사에 함몰되어 있을 수밖에 없었기 때문에, 급박한 전황 소식을 듣는 가운데에도 현실과는 동떨어진 이런 먼 신화적 세계에 몰입해서 작품을 써나가야 한다는 것이 작가로서의 토마스 만에게는 속 편한 작업일 수만은 없었으리라는 사실 또한 가히 짐작할 수 있다.

『요셉과 그의 형제들』의 집필이 끝나자마자, 토마스 만은 20년 가까이 줄곧 지켜온 이스라엘과 성경의 세계, 그리고 이집트 신화의 세계로부터 벗어나 작가로서 드디어 보다 독일적 소재로 되돌아오고자 했다. 독일적 소재—당시 망명작가 토마스 만이 건드려야 할 가장 중요하고 절실한 주제란 말할 것도 없이 '히틀러 체제 하의 독일과 독일인들'이었을 것이다. 오늘날의 우리들의 시각으로 생각해 보자면, 작가 토마스 만이 그 시점에서 절박하게 써야 할 소설이란 경제사적으로 본 후발 자본주의국가 독일의 어쩔 수 없는 돌파구 모색, 즉 식민지 개척이 더 이상 되지 않는 후발 자본주의국가 독일의 인접국 침공과 그로 인한 세계대전의 필연적 발발과 그 세계사적 의미를 다루는 작품이 되어야 할 것이었다.

그런데 토마스 만은 의외에도 '파우스트' 소재를 택하게 된다. 괴테의 『파우스트』가 나온 지 100년도 훨씬 더 지난 시점에 또 무슨 '파우스트'가 필요하단 말인가? 괴테가 자신의 젊은 날의 여성 체험을 '그레첸 비극'으로 승화시킨 데에 비하여, 토마스 만은 가로늦게 1587년에 민중보급판으로 나왔던 『파우스트 박사 이야기』(Historia von D. Johann Fausten)를 참고하기 위해 멀리 워싱턴의 국회도서관으로부터 전설 파우스트 책을 대출해 오기까지 한다. 하지만 토마스 만이 4년간의 노력 끝에 1947년에 실제로 세상에 내어놓은 소설 『파우스트 박사』는 민중보급판의 파우스트 전설을 다소 참고만 했을 뿐, 실은 일종의 '예술가소설'이었다.

『파우스트 박사. 한 친구가 이야기하는 독일의 작곡가 아드리안 레버퀸의 생애』라는 제목만 봐도 알 수 있듯이 이 소설은 한 음악가의 생애를 다루고 있는 일종의 '예술가소설'이다. 소설을 집필하기 시작할 당시, 이미 68세였던 토마스 만에게 경제사적 분석과 국제정치적 상황 해석을 곁들인 새로운 작품을 기대했다면, 그것은 분명 지나친 기대였을 것 같기도 하다. 19세기 말의 암울한 분위기하에서 예술가소설로 작품활동을 시작했던 '한 비정치적 인간'에게서, ―설령 그가 그동안 정치적으로 개안을 했다고 할지라도― 경제사적 분석과 국제정치적 안목이 형형하게 빛나는 사회소설이나 역사소설을 기대한다는 것은 지나친 요구가 될 것이다. 그는 시대와 일상의 긴박한 요청에 따라 독일이란 시공을 초월해 있던 '요셉소설'의 신화적 세계로부터 이제 독일적 소재로 되돌아오긴 했으나, 작품의 형식으로 보자면, 그의 옛 본령이라 할 수 있는 '예술가소설'로 복귀한 데에 지나지 않았다.

2. '독일의 작곡가' 아드리안 레버퀸의 삶

아드리안 레버퀸은 1885년 바이센펠스 근교 오버바일러의 부헬농장에서 태어난다. 그의 어머니는 음악적 재능을 잠재적으로 갖고 있었던 수수한 농부 아낙이며, 아버지는 여가에 자연과학적 · 연금술적 실험을 하곤 한다. 아드리안은 8살이 되자 메르제부르크와 나움부르크 근처에 있다는 가공의 도시 카이저스아셰른이란 곳에서 김나지움에 다니게 되는데, 그때 같은 학교에 다니던 차이트블롬도 알게 된다.

학교 공부 이외에도 그는 크레취마르라는 교사한테서 피아노 교습을 받고, 같은 선생한테서 오르간 연주와 작곡법도 배운다. 김나지움을 졸업하자 아드리안은 모두들 예견했던 대로 음악을 전공하는 것이 아니라, 뜻밖에도 신학을 전공한다. 하지만 할레에서 4학기 동안 공부한 직후, 그는 음악으로 전공을 바꾸면서, 라이프치히로 대학을 옮긴다.

라이프치히로 오던 날, 그는 못된 안내인을 만나 자신이 원하던 대로 식당으로 안내받지 못하고 갑자기 사창가에 들어서게 된다. 여기서 그는 에스메랄다라는 창녀를 알게 되고, 후일 그녀를 다시 찾아가서, 뒷날 레버퀸의 자기 고백록에서도 기술되어 있는 바이지만, 악마의 하수인이라 할 수 있는 에스메랄다와 성관계를 맺으면서 매독균에 감염되고, 이로써 점점 더 악마와의 깊은 관계에 빠져들게 된다. 레버퀸은 악마에게 자기 영혼을 걸고 모든 '따뜻한 사랑'을 포기하는 대신에 24년간의 예술적 천재성을 확약받는다. 이후 레버퀸은 1930년까지 수많은 신곡을 내어 그 천재성을 인정받게 되지만, 간간히 강력한 편두통에 시달린다.

아드리안은 가르미쉬-파텐키르헨 근교의 가공적 마을 파이퍼링이란 한 고풍스러운 농장에 머물면서 작곡에 전념하지만, 도시의 지인들과의 친교를 아주 끊고 지내지는 않았다.

이 무렵, 미남 바이올리니스트 루돌프 슈베르트페거라는 친구가 끈질긴 친근성을 무기로 해서 비사교적이고 냉정한 레버퀸의 마음을 얻는 데에 성공한다. 레버퀸은 그의 간절한 청을 받아들여 그를 위해 특별히 바이올린곡 하나를 작곡해 주기도 한다. 결국 슈베르트페거는 레버퀸과 아주 가까워져서 차이트블롬을 제외하고는 레버퀸과 말을 놓고 지내는 유일한 친구로까지 발전한다.

하지만 아드리안 레버퀸은 '따뜻한 사랑'을 해선 안 된다는 악마와의 약속을 지키자면 루돌프를 멀리하지 않으면 안 되었다. 그럼에도 불구하고 아드리안은 그들이 새로 알게 된 마리 고도라는 젊은 프랑스계 스위스 여인에게 자기를 대신해서 결혼 신청을 해 줄 것을 부탁한다. 아드리안은 마리 고도가 슈베르트페거를 좋아하고 있음을 이미 잘 알고 있고, 둘이 곧 가까워질 것을 예견하면서도 이런 부탁을 했는데, 과연 검은 눈동자를 하고 있는 이 아름다운 아가씨는 무뚝뚝한 청혼자 아드리안 레버퀸보다는 낙천적인 대리 구혼자 루돌프를 선택한다. 하지만 멋쟁이 루돌프 슈베르트페거는 극단적인 성격인 이네스 인스티토리스라는 유부녀와 그전에 이미 치정관계에 빠져 있었다. 이네스는 정부 슈베르트페거로부터 자기가 버림받은 것을 알고 배신자에게 복수하기 위해 거리에서 5발의 권총을 쏘아 그를 살해한다.

자기 친구가 이런 처참한 죽음을 당하자 아드리안은 사교계로부터 멀리 물러나 은거한다. 마침 그의 누이 우르줄라가 병을 얻게 되자 그는 5살 난 생질 네포묵(집에서 불리어지는 애칭은 네포, 또는 에효)을 파이퍼링의 자기 숙소로 불러 함께 지내게 된다. 아이가 건강에 좋은 고지 바이에른의 시골바람을 쐼으로써 갓 이겨낸 홍역으로부터 완전히 건강을 회복할 수 있도록 돕기 위해서였다. 레버퀸뿐만 아니라 온 마을 사람들이 이 요정과 같은 순수한 소년 에효를 금방 사랑하게 되었다. 아드리안은 자기가 사랑하는 이 어린 생질을 너무 자주 자신의 가까이로 오지 못하도록 갖은 애를 썼음에도 불구하고, 끝내 악마의 손아귀에서 소년의 목숨을 구하지는 못하게 된다. 즉, 악마는 아드리안이 사랑의 금지 조항을 어겼다 해서 아드리안한테서 이 아이의 목숨을 빼앗아가는 것이다. 뇌막염을 앓게 된 에효는 아드리안이 애통해 하는 가운데에 처참한 비명을 지르며 죽어간다. 이에 아드리안은 베토벤의 제9교향곡을 취소해야겠다는 생각에 이르게 된다.

1930년, 악마와의 계약기간이 끝나자 아드리안 레버퀸은 자기가 최초로 12음계법으로 완성한 교성곡 「파우스트 박사의 비탄」을 피아노 연주로 공개 발표하겠다며 친구와 지인들을 자신의 은거지로 초대한다. 피아노로 곡을 선보이기 전에 우선 '인생의 참회'를 한다며, 자신의 독신적 오만, 창녀와의 결합, 심술궂은 간접 살인 등 자신의 죄행을 낱낱이 고백한다. 손님들은 처음에는 이상하게 생각하며 주저하다가 나중에는 화를 내며 자리를 박차고 나가버리고, 아주 가까운 친구들만 몇 명 남아 있게 된다. 그는 피아노 앞에 앉아 도입부의 불협화음들을 몇 개 치다가 그만 쓰러져 의식을 잃고 만다.

쓰러졌던 그가 무의식 상태에서 깨어났을 때, 그는 자기 친구들을 더 이상 알아보지 못한다. 그의 정신적 삶이 소진되어 버린 것 같았다. 그는 요양원에 보내졌으나 진단이 끝난 뒤에는 그의 어머니가 아들을 보살피기 위해 고향에 데리고 갔다. 그는 이후에도 어린애처럼 사람들이 시키는 대로 고분고분 말을 잘 들으며 거의 식물인간 상태로 10년을 더 살았다.

3. '예술가소설', '니체소설', 그리고 '독일소설'

위의 작품 요약에서도 알 수 있지만, 이 작품은 제목만 『파우스트 박사』이지, 실은 한 음악가의 일생(1885-1940)을 다루고 있는 '예술가소설'이다. 위에서 언급한 대로, 이 '예술가소설'이 1943년 현재의 시의성을 지니려면, 이 소설은 동시에 '독일소설'이 되어야 했다. 그래서 우리는 한 번 더 주의깊게 작품 제목을 살펴볼 필요가 있는데, 『파우스트 박사. 한 친구가 이야기하는 독일의 작곡가 아드리안 레버퀸의 생애』라는 제목 안에, 아닌 게 아니라, '독일의' 작곡가라는 표현이 들어 있음을 확인할 수 있다. 그리고 아드리안 레버퀸이란 주인공의 성명이 이미 따로 있는데, 제목이 '파우스트 박사'인 것도 그 주인공을 굳이 또 한 번 '파우스트 박사'라는 환유(換喩)로 지칭하고자 하는 이유가 괴테의 파우스트, 또는 전설의 파우스트에까지 비견되는 '독일적 문제인물'이라는 알레고리가 필요했기 때문이 아닐까 하는 생각도 들게 하는 것이다.

우선, 이 작품이 쓰이어진 기간을 보면, 1943년 5월 23일부터 1947년 1월 29일까지인데, 이 시기는 제2차 세계대전이 한창 진행 중이던 시점에서부터 종전을 거쳐 전후 시대로까지 접어드는, 세계사적 굴곡이 제법 많은 기간이다. 온 세계가 독일 때문에 고통을 겪고, 또 전후에는 패전 독일을 어떻게 처리하느냐 하는 문제가 초미의 관심사이던 시기였다. 이런 의미에서 볼 때, 이 작품의 '독일소설'로서의 의미가 무엇보다도 중요하다 하지 않을 수 없다.

이 작품이 형식적으로는 한 음악가의 일생을 파우스트 전설과 연결시키는 예술가소설로 보이지만, 작가 토마스 만이 히틀러 시대에 독일 국내에 살고 있는 차이트블롬이란 서술자를 등장시켜 이 서술자가 친구 아드리안의 전기를 집필하고 있는 자신의 현재 생활에 대해서도 이따금 보고하고 주석 및 여론(餘論)을 달도록 설정하고 있기 때문에, 이 소설은 1943년부터 1945년 5월 패전 직전까지의 독일도 아울러 다루고 있는 '시대소설'로도 읽힐 수 있는 것이다.

이 소설에서 가장 먼저 주목되는 점은, 전래의 파우스트 소재의 주인공들이 의사나 학자였음에 반하여, 파우스트가 음악가로 설정되어 있다는 사실이다. 파우스트가 독일적인 인물이 되려면, 의사나 학자보다는 음악가여야 한다는 것이 토마스 만의 평소 생각이기도 하였다. 토마스 만은 실제로 모차르트, 베토벤, 후고 볼프, 구스타프 말러 등 많은 음악가들의 삶을 조사했고, 파우스트로 내어놓을 만한 독일의 적절한 음악가 모델을 찾지 못하자, 가장 비극적인 삶을 산 독일의 철학자 니체를 '음악가 파우스트'의 모델로 삼게 된다.

실제로 '파우스트 박사'로 나오는 아드리안 레버퀸이란 음악가 인물은 니체의 삶과 매우 유사한 궤적을 보여주고 있다. 물론, 1844년에서 1900년까지라는 니체의 생몰연대와, 1885년부터 1940년이란 아드리안 레버퀸의 생몰연대 사이에는 상당한 차이가 엿보이지만, 향년 연수가 비슷할 뿐만 아니라, 레버퀸의 생년이 토마스 만 자신의 생년인 1875년에 10년 차로 근접해 있다는 것도 중요한 시사점이 될 수 있을 것이다.

레버퀸이란 성(姓) 속에 숨어 있는 "-kühn"이란 말 자체만 보더라도 "대담하다"는 독일어 형용사를 연상시키고 있는데, 이것이 벌써 전래의 모든 가치관을 "대담하게" 전도(顚倒)시킨 니체 철학[33]을 암시하고 있다. 토마스 만 자신도 니체를 가리켜 "대담한 정신"(kühner Geist),[34] 즉 '정신적 모험가'로 지칭한 바 있다. 또한, 주인공 레버퀸의 고향으로 묘사되고 있는 카이저스아쉐른[Kaisersaschern, '황제의 골회'(骨灰)라는 의미로서 옛 제국의 유서 깊은 도시를 연상시킴]도 니체의 고향인 나움부르크와 흡사하며, 주인공 레버퀸이 친구 루돌프 슈베르트페거를 시켜 자기 대신에 마리 고도(Marie Godeau)에게 구혼을 하도

33 부친이 작고하자 토마스 만의 후견인이 되었던 뤼벡의 판사가 "Dr. August Leverkühn"이었던 것으로 보아, 이것이 토마스 만이 새로 창작해 낸 성(姓)은 아니었다.

34 Vgl. Th. Mann: Gesammelte Werke, Bd. 10, S. 180.

록 하는 것까지도 니체의 구혼 에피소드에서 그대로 따온 것임이 명백하다. 더욱이 아드리안 레버퀸이 라이프치히에서 사창가에 들게 되는 에피소드까지도 니체의 '쾰른에서의 사창가 체험'을 거의 그대로 재현하고 있다.

청년 작가 토마스 만이 가장 큰 영향을 받았던 이른바 삼태성(三台星), 즉 쇼펜하우어, 바그너, 니체 중에서, 특히 니체는 토마스 만 자신이 "누가 그보다 더 독일적이었을까?"(Wer … war deutscher als er … ?)[35] 라고 자문한 적이 있을 정도로, 토마스 만에게는 '모든 독일적인 것의 화신'에 다름 아니었다. 이런 니체가 이제, 토마스 만의 만년의 중요한 작품에서, 음악가 주인공으로, 그것도 '독일적인 파우스트'로 등장하는 것이다.

토마스 만이 왜 이런 '독일적인, 너무나 독일적인' 주인공을 필요로 했던가 하는 것은 소설 『파우스트 박사』가 집필되고 있던, 그리고 독일의 패전 직후인 1945년 5월 29일, 미국 국회도서관에서 행한 그의 연설 『독일과 독일인』(Deutschland und die Deutschen)을 읽으면 쉽게 알 수 있다. 이 강연에서 그는 '선한 독일'과 '악한 독일'이란 두 개의 독일이 존재하는 것이 아니라, '하나의 독일' 안에 선과 악이 병존하고 있으며, 독일이 인류 앞에 죄를 저지르게 된 것은 "최선의 독일이 악마의 간계 때문에 악한 독일로 잘못 나타난"[36] 결과일 뿐

35 Vgl. Th. Mann: Gesammelte Werke, Bd. 9, S. 709.
36 Vgl. Th. Mann: Gesammelte Werke, Bd. 11, S. 1146.

이라고 설명하고 있다. 이어서, 토마스 만은 "제가 여러분들에게 독일에 대해서 말하고자, 또는 대강 암시해 드리고자 시도한 것 중 아무 것도 낯설고 냉담한, 저 자신과 무관한 지식에서 나오지 않았습니다. 저 자신도 이런 속성을 저 자신 속에 갖고 있고, 이 모든 것을 저의 육신으로 경험한 바 있습니다"[37]라고 고백하고 있다. 토마스 만 자신도 한때 『한 비정치적 인간의 고찰』(1919)이란 에세이집을 통해 자신의 미숙한 정치적 견해를 대중에게 자신 있게 공표함으로써 한동안 독일의 독자들을 오도했던 적이 있었다. 여기서 토마스 만은 자신의 독일적, 비정치적 순수성이 정치적으로는 오히려 비민주성, 비사회성, 비개명성의 다른 이름이었던 사실을 상기하고 있는 것이다. 여기서 우리는 1922년 이래의 정치적 개안이 있기 이전의 '한 비정치적 인간' 토마스 만 자신의 고백과 참회를 간접적으로 읽어낼 수 있다. 이런 의미에서 토마스 만이 자신의 '파우스트 소설'을 가리켜 "비밀스러운 작품 및 인생의 참회"[38]라고 말한 것은 참으로 의미심장하다.

아무튼 토마스 만은 그것이 자신이든, 아드리안 레버퀸이든, 니체든, 파우스트든 간에 '전형적으로 독일적인 인물'을 그려 보임으로써 독일의 문화사적·정신사적 연원과 나치 독일이 생겨난 연유

37 Ebda.

38 Th. Mann: Gesammelte Werke, Bd. 11, S. 165. Vgl. auch ebda., S. 298: "dieses Lebens- und Geheimwerk".

를 풀어서 설명하고, 세계인들의 이해와 용서를 구하려 했던 것으로 보인다.

이를테면, 작품 속에서 아드리안 레버퀸이 대학의 친구들과 나누는 대화에는 '방랑자'(Wandervogel) 모티프의 독일낭만주의가 언급되고 있으며, 식스투스 크리트비스 박사의 집에 모이는 파시스트적 인물들의 반동적인 대화는 제1차 세계대전을 전후하여 나타나는 독일 지식인들의 편향된 국수적 담론들을 형상화하고 있는데, 예컨대 그들은 소렐의 저서 『폭력에 대한 성찰』을 찬양하기도 하는 것이다. 서술자 차이트블롬도 거기에 참석은 하고 있었지만, 거기에서 추장되고 있는 인간모독적·반민주적 유미주의에는 경악을 금치 못했고, 그 인사들의 비인간적 교만과 인종차별주의적 방자함에 공감을 느낄 수는 없었다고 고백하고 있다. 그럼에도 불구하고 차이트블롬은 크리트비스 그룹에서 전개되는 예술이론적 정보 때문에 거기에 나간 것으로 자신을 변명하고 있다. 또한, 차이트블롬은 전통에 대한 그들의 신랄한 비판과, 전래적 예술형식를 파기하려는 그들의 급진적 태도에서 자기 친구 아드리안 레버퀸의 야심과 그의 음악적 아이디어와의 그 어떤 유사성을 인지하기도 했다고 고백함으로써, 아드리안의 예술이 이들 지식인들의 담론과 아주 무관하지는 않다는 사실까지도 암시하고 있다.

바로 이런 독일의 역사적·문화적 배경 하에, 천재적 재능의 소유자이지만 인간적으로는 냉담한 아드리안 레버퀸의 음악가로서의 비극이 생겨난다는 것이 토마스 만의 논리다. 요컨대, 토마스 만은 그의 연설 「독일과 독일인에 대해서」에서나 그의 '파우스트 소설'에서나 다 같이, 악한 독일과 선한 독일을 따로 구분할 수 없고, 현재 세계인들 앞에 드러난 독일인들의 추악하고 불행한 모습은 독일인들의 본성 속에 이미 내재해 있던 선성(善性)이 나쁜 지도자에 의해 정치적으로 오도된 결과임을 설명하고자 애쓰고 있다.

위에서도 언급했지만, 니체의 '쾰른에서의 체험'이 소설에서는 바로 아드리안 레버퀸의 '라이프치히에서의 체험'으로 서술되고 있는데, 이것은 소설 『파우스트 박사』를 일종의 '니체소설'이라 일컬을 수 있는 주요 논거들 중의 하나이다. 파울 도이센의 유명한 니체 전기[39]에 따르면, 니체가 쾰른에 도착해서 어느 관광 안내인에게 좋은 식당으로 안내해 줄 것을 부탁했는데, 그가 안내된 곳이 홍등가였다는 것이다. 뜻밖에도 사창가에 들어서게 된 니체는 기다리고 있는 여러 아가씨들의 호기심어린 눈길을 피해 순간적으로 그 장소에 놓여 있던 그랜드 피아노 앞으로 다가가 몇 가지 화음을 쳐보게 된다. 그런데 반투명한 천을 걸친 아가씨 하나가 니체에게 다가와 자신의 뺨을 그의 뺨에 비벼대자 니체는 순진하고 황급한 마음에서 그만 급히 그곳을 빠져나간다. 하지만 그는 나중에 그 아가씨를 다시 찾아간다. 그녀가 자신에게 병이 있음을 경고해 주었음에도 불

39 Paul Deussen: Erinnerungen an Friedrich Nietzsche, Leipzig 1901.

구하고, 니체는 자신의 순수한 마음, 즉 순정 때문에, 굳이 그녀와 성관계를 가져 결국 매독에 걸리게 되고 나중에 그 매독균이 니체의 뇌에까지 침범하여, 식물인간으로 되기 직전까지 니체가 정신적으로 왕성한 저작활동을 할 수 있었던 것도 아마도 이 매독균의 활성 작용 때문이었을 것이라는 추측이 항간에 널리 퍼질 정도였다.

그런데 이제 아드리안 레버퀸도 라이프치히의 사창가에서 쾰른에서의 니체와 똑같은 경우를 겪게 되는 것이다. 레버퀸도 급기야 피아노로 다가가게 되고 에스메랄다라는 아가씨가 그에게 다가오게 되는데, 순수하고 당황스러운 마음에 그는 그 자리를 피하지만, 나중에 그녀를 다시 찾아가게 된다. 그 역시, 니체와 마찬가지로, 그녀가 경고를 했음에도 불구하고 그녀와 성관계를 갖게 된다.

여기서 토마스 만은 에스메랄다를 악마의 하수인으로 설정하고, 레버퀸이 에스메랄다와 관계를 맺는 것 자체가 곧 '악마와의 계약'을 '피로 서명하는 행위'와 다름이 없는 것으로 몰고 간다. 이 '계약'을 통해 아드리안 레버퀸은 자신의 음악적 창작력의 불모성을 극복하고 자기 예술을 위한 새로운 활력과 '천재성에로의 돌파구'(Durchbruch zur Genialität)를 얻게 된다는 것이다. 이 과정을 토마스 만의 작의에 따라 해석해 보자면, 순수한 독일의 작곡가 아드리안 레버퀸이 악마와 결탁하게 되는 이 예술가적 비극이야말로 바로 정치적으로 미숙한 독일 민족이 악마와 같은 히틀러와 결탁하게 되는 정치적 비극을 상징해 주고 있다는 것이다.

4. 독특한 서술자 차이트블롬의 역할–'악마와의 계약'의 이의성(二義性)

독자로 하여금 이와같은 상징성을 쉽게 받아들이게끔 만드는 소설적 장치가 바로 일인칭 서술자 차이트블롬의 서술적 개입과 주석이다.

여기서 이미 전제가 되어 있어야 할 것은 물론 루터 이래의 독일 역사 전체가 아드리안 레버퀸이란 한 인물로 상징되어 있다는 사실, 즉 아드리안의 삶이 니체의 일생과 비슷하긴 하지만, 니체보다도 더 독일적인, 가장 전형적인 독일적 인간으로 묘사되고 있다는 사실이다. 바로 이런 사실에다 서술자 차이트블롬이 서술 현재의 프라이징(뮌헨 근교의 도시 이름)의 자기 집, 자기 서재에서 일어나고 있는 일들, 즉 제2차 세계대전 중 독일 내의 여러 전시 상황을 덧붙여 서술하면서, 이것이 독자의 뇌리에서 레버퀸의 삶과 서로 분간할 수 없을 정도로 섞바뀌게끔 만들고 있는 것이다.

제레누스 차이트블롬은 독일 국내, 즉 이자르(Isar) 강안(江岸)의 프라이징에 있는 자신의 서재에 앉아, 3년 전에 세상을 떠난 자신의 친구 아드리안 레버퀸(1885-1940)의 전기를 1943년 5월 23일에 쓰기 시작한다. 그는 이 전기의 집필을 끝내게 되는 1945년 종전 직전까지 줄곧 자신의 아내, 두 아들들, 자신의 친구들의 동태에 대한, 또는 전황에 대한 보고를 함으로써, 전기적(傳記的) 보고에다 끊임없이 일상적 · 시사적(時事的) 보고를 곁들이고 있다.

여기서 우리는 이른바 1885년부터 1940년까지 55년간의 이른바

'피서술시간'과, 서술자 차이트블롬이 1943년 5월부터 1945년 5월까지 약 2년간 이 전기를 쓰게 되는 이른바 '서술자의 시간'이라는 두 가지 시간을 구별할 필요가 있으며, 또한 망명작가 토마스 만이 미국에서 이 소설을 쓴 시간인 1943년부터 1947년까지의 약 4년간의 '작가의 시간'까지도 '서술자의 시간'과 구별해서 염두에 둘 필요가 있다. 예컨대, 이 소설 중 다음과 같은 대목을 읽어 보도록 하자.

> 나는 이러한 두 가지 시간 개념이 왜 내 주의를 끄는지 모르겠고, 내가 무엇 때문에 개인적인 시간과 객관적인 시간, 즉 서술자가 활동하고 있는 시간과 피서술시간이 다르다는 점을 애써 상기시켜 드리고 싶은지 모르겠다.[40]

'서술자'(der Erzähler), '서술된 내용'(das Erzählte), '피서술시간'(die erzählte Zeit) 등과 같은 문학 용어들은 소설 자체에서는 일반적으로 잘 나오지 않는 전문 용어들임에도 불구하고, 여기서 차이트블롬은 자신을 '서술자'로 지칭하고 있으며, '피서술시간'(작중 인물이 활동하고 있는 시간) 못지않게 '서술자의 시간'(차이트블롬 자신의 시간)도 중요하다는 점을 강조하고 있는 것이다. 예컨대, 소설 중의 다음과 같은 대목을 살펴보자.

40 Th. Mann: Gesammelte Werke, Bd. 6, S. 335 (Doktor Faustus).

자유. 이 말이 슐렙푸스의 입에 오르면 얼마나 이상하게 들렸던가! 하긴, 거기에는 물론 종교적인 강조점이 있었다. … 이것은 종교심리학의 견지에서 본 자유의 한 정의였다. 그러나 자유는 지구상의 여러 종족의 삶에서, 역사상의 여러 전쟁에서도 이미 다른 의미, 아마도 덜 심령적인, 열광도 없지 않은 의미에서 어떤 역할을 해왔다. 자유는 바로 지금, 내가 이 전기를 쓰고 있는 동안에도, 현재 날뛰고 있는 전쟁에서도, 그리고 내가 은퇴생활을 하고 있는 중에 생각하는 바로는, 우리 독일 민족의 영혼과 생각에서도 그런 역할을 하고 있는데, 이 민족은 대담하기 짝이 없는 자의적 지배 체제하에서 어쩌면 생전 처음으로 자유가 무엇인가 하는 개념을 어렴풋이 느끼고 있을 것이다. 하지만 우리들은 그 당시에는 아직 여기까지는 생각이 미치지 못했다. 자유의 문제는 우리들의 대학시절에는 초미의 관심사가 못 되었다. 또는 못 되는 듯이 보였다.[41]

여기서 서술되고 있는 것은 아드리안과 차이트블롬이 대학시절에 만난 슐렙푸스의 신학강의이며 그가 강설하고 있는 '자유'의 의미이다. 하지만 '서술자' 차이트블롬은 갑자기 '자신의 시간'(서술 현재)에 있어서의 '자유'의 개념과 독일인의 정치적 '미숙'과 '개안'에 대하여 여담을 섞어 넣고 있는 것이다. 이와 비슷한 예는 얼마든지

41 Ebda., S. 130.

들 수 있다.

> 뒤러와 빌리발트 피르크하이머의 도시가 가공할 폭격을 당하는 것도 더 이상 멀지 않은 사건으로 다가왔다. 그리고 최후의 심판이 뮌헨에도 불어 닥치자 나는 창백해져서, 그리고 내 서재에서 집의 벽, 문, 그리고 창문 유리창들처럼 벌벌 떨었다. 그리고는 떨리는 손으로 이 전기를 썼다. 왜냐하면 이 손은 집필의 대상 때문에 그렇지 않아도 떨고 있었던 것이다. 그래서 나는 이미 버릇이 된 이 손떨림 현상이 외부로부터 닥쳐온 놀라움 때문에 약간 더 심해지는 것을 그냥 묵묵히 참아내고 있을 따름이었다.[42]

우리는 여기서 전기적 내용의 무서움과 서술 현재의 폭격의 무서움이 차이트블롬의 '손떨림 현상'을 통해 병렬되고 있음을 볼 수 있다. 즉, 독일적 예술가의 이야기와 전쟁 수행 중인 독일의 국내 상황에 대한 보고가 독자에게 때로는 혼동될 정도로 뒤섞이도록 만들고 있다. 이와 같이 토마스 만은 차이트블롬이라는 서술자를 이용하여 허구적 전기 내용과, 서술 현재의 독일의 시사적 상황을 병렬시킴으로써 독자가 두 이야기를 거의 동일시하도록 유도하고 있는 것이다.

42 Ebda., S. 231.

물론, 아드리안 레버퀸의 삶을 기술하는 전기(傳記) 작가 차이트블롬은 일단 모든 사건의 뒷전에 머물러 있어야 하는 자신의 입장을 누누이 강조한다. 이렇게 그의 임무는 아닌 게 아니라 1차적으로 레버퀸의 삶에 대한 '걱정스러운 관찰자'의 역할에 국한되어 있는 듯이 보인다.

하지만 "나 자신을 전면에 내세울" 생각이라곤 전혀 없음[43]을 강조하는 이 서술자도 필경에는 자신에 관한 정보들을 독자에게 많이 흘리게 된다.

무엇보다도, 그는 "유태인 문제"와 그들에 대한 정책에서 "우리들의 총통과 그의 추종자들"[44]과 의견이 완전히 같지 않았던 것도 한 이유가 되어 교직에서 일찍 은퇴해서 살고 있다는 사실을 슬쩍 고백하고 있을 뿐만 아니라, "미래의 독자"(der zukünftige Leser)[45]를 상정하고 글을 쓰고 있다는 점에서, 일종의 '국내망명'을 연상시키는 점도 없지 않다. 이 '국내망명'이란 개념은 전후 독일 문단에서 큰 논란을 불러일으킨 개념으로서, 여기서 함부로 쓰기는 조심스럽다. 하지만 국외로 망명하지 않고 국내에 머물면서도 나치당과 히틀러에 대해 소극적인 저항을 한 행위, 또는 그런 행위를 한 사람을 가리키는 개념이라고 할 때, 차이트블롬이 히틀러 일당과 정치적 견

43 Ebda., S. 9.
44 Ebda., S. 15.
45 Ebda., S. 9.

해를 완전히 같이하지 않음은 여기서도 명백하다. 그렇다고 해서 차이트블롬을 선불리 국내망명자의 카테고리로 분류하는 데에는 다소 문제가 없지 않다.

이 문제는 이 소설을 올바르게 이해하는 데에 중요한 단서가 되기 때문에, 예를 들어가며 자세히 설명해 보기로 하겠다.

> 오늘 아침, 내 아내 헬레네가 아침 식사를 준비하는 동안…, 나는 신문에서 우리의 잠수함 전쟁이 다행히도 다시 회복세를 되찾았다는 소식을 읽었다. 우리의 잠수정들이 24시간 내에 무려 12척이나 되는 배들을 격침시켰다는 것이었다. 그중에는 각각 영국과 브라질 소속인 두 척의 대형 증기여객선도 포함되어 있었는데, 5백 명의 여객들이 희생되었다고 했다. 우리가 이런 성공을 거둘 수 있었던 것은 독일의 기술이 제조해 낸 환상적 성능의 새로운 어뢰의 덕분이라는 것이었다. 그래서 나는 아직도 여전히 활발한 우리의 발명 정신에 대한, 그 많은 반격을 당하고도 굽힐 줄 모르는 우리 국민의 능력에 대한 그 어떤 만족감을 억제하기 어려웠다. 이런 발명 정신과 국민적 능력이 아직도 이 정권을 완전히 지원하고 있는 것이었다 ….[46]

독일의 잠수정이 민간 여객선을 포함한 배들을 격침했다는 조간

46 Ebda., S. 229.

신문 보도에 접하여, 차이트블롬은 신종 어뢰의 개발에 관한 독일 기술의 개가에 대해 "그 어떤 만족감을 억제하기 어려웠다"는 고백을 하고 있는데, 이것은 물론 '국내망명자'가 취할 언동이 아니다. 이것은 차이트블롬이 당시 국내에 있던 독일 교양시민 계층의 일반적 정치의식과 그 행동양태를 대변하는 것으로서, 아직 정치적 식견은—한때의 토마스 만과 마찬가지로—바람직한 수준까지 성숙하지 못한 면모를 보여주고 있는 것이다.

물론, 차이트블롬의 이 고백을 계속 읽어가다 보면, 간헐적으로 보고되고 있는 이런 전과(戰果)들 때문에 독일인들이 "그릇된 희망"(falsche Hoffnung)을 품게 되고 "이성적인 사람들의 견해에 따르면"(nach der Einsicht der Verständigen) 더 이상 이길 수 없는 전쟁을 연장시키기만 하는 결과가 될까봐 걱정하는 장면도 나오긴 한다. 하지만, 차이트블롬의 정치적 견해는 그의 이웃인 힌터푀르트너 신부만큼 "이성적"이지 못하며, 그에게서는 뮌헨의 "정열적 학자"(der leidenschaftliche Gelehrte)[47]의 저항정신이라곤 찾아보기 어렵다.

요컨대, 차이트블롬은 인문주의적 전통 하에 있는 독일 교양시민 계층의 한 사람으로서, 독일의 나치당에 적극적 협력도, 소극적 저항도 하지 않던 당시 독일 국내의 일반적 교양시민의 평균적 정치의식을 대표한다고 볼 수 있으며, 이미 국제적 정치감각을 익힌 망

47 Ebda., S. 230. 여기서 "정열적 학자"라 함은 이른바 '백장미 사건'의 배후자로 지목되어 처형된 뮌헨대학의 쿠르트 후버(Kurt Huber) 교수를 지칭하고 있다.

명작가 토마스 만은 의도적으로 차이트블롬으로 하여금 작가 자신보다는 한 차원 낮은 정치적 시각에서 독일의 현실을 바라보게 하고 있는 것이다.

그럼에도 불구하고 제레누스 차이트블롬은 아드리안 레버퀸의 파우스트적 '악마와의 계약'과, 독일 민족이 히틀러라는 악의 화신에 오도되어 인류 앞에 큰 죄악을 저지르게 된 사실을 거의 동일시하고 있다는 점에서는 작가 토마스 만과 같은 입장이다. 더 간결하게 요약해서 말하자면, 차이트블롬이란 인물은 이 작품에서의 '악마와의 계약'이 이의성(二義性)을 지니도록 만들기 위한 작가 토마스만의 서술적 도구라 볼 수 있으며, 그 정치적 안목에 있어서는 작가 토마스 만의 수준에는 미달된다 하겠다.

5. 작가 토마스 만의 조국에 대한 헌신 – '은총'의 문제

소설 『파우스트 박사』가 완결되고 출간된 연도는 1947년이다. 그러나 소설 내에서 이야기가 끝나는 시점은 1945년 종전 직전이다. 작품의 마지막 대목을 살펴보기로 하자.

> 1940년 8월 25일 여기 프라이징에 있는 나에게 한 생명의 잔재가 완전히 소멸되었다는 소식이 왔다. 사랑과 긴장 가운데에서, 그리고 경악하는 마음과 자긍심을 느끼는 가운데에서 내 자신의 인생에다 본질적인 내용을 부여했던 그 인생이 드디어 나와 유명을 달리하게 되었다는 소

식이 온 것이었다. …

그때 독일은 열에 들떠 뺨에 홍조를 띤 채 흉흉한 승리의 절정에서, 자기가 끝내 지키고자 했고 피로써 서명했던 계약의 힘을 빌려 바야흐로 온 세계를 정복하려는 욕망에 취해 비틀거리고 있었다. 그러나 오늘[1945년 종전 직전]의 독일은 악마들에 의해 그 몸이 휘감긴 채 한쪽 눈은 손으로 가리고 다른 쪽 눈으로는 공포의 골짜기를 내려다보면서 절망 상태로부터 다른 절망의 나락으로 추락하고 있다. 이 독일이 언제 이 나락의 밑바닥에 닿을 것인가? 희망이 전무한 상태로부터 언제 믿음을 초월하는 하나의 기적이 일어나고 희망의 서광이 밝아올 것인가? 한 외로운 남자는 두 손을 합장하며 기도한다. "내 친구여, 내 조국이여, 그대들의 불쌍한 영혼에 하느님께서 은총을 베푸시기를!"[48]

차이트블롬의 이 기도에서 '내 친구'[아드리안 레버퀸]와 '내 조국'[독일]이 동격으로 호칭되고 있는 사실은 의미심장하다. 차이트블롬은 악마에게 영혼을 판 예술가 아드리안 레버퀸과 히틀러에게 오도된 나라 독일에 다 같이 하느님의 '은총'이 내려지기를 소망하고 있는 것이다. 서술자 차이트블롬과 작가 토마스 만은—이 작품 속에서 많은 사소한 다른 점을 보여주고 있음에도 불구하고—적어도 이 기도에 실은 소망에서만은 그 "비밀스러운 동일성"을 보여주고 있

48 Ebda., S. 675f.

다. 즉, 토마스 만은 음악가 아드리안 레버퀸의 이야기를 통해 궁극적으로는 악마와도 같은 히틀러에 오도되어 인류 앞에 크나큰 죄악을 저지른 자신의 조국 독일에 대해 하느님의 '은총'과 세계인들의 '용서'를 빌고 있는 것이다.

토마스 만은 패전 직후인 1945년 5월 29일, 미국 국회도서관에서 행한 연설 『독일과 독일인에 대해서』에서 다음과 같이 말한 바 있다.

> 선한 독일과 악한 독일, 이렇게 두 독일이 존재하는 것이 아니라, 그 최선의 요소가 악마의 간계 때문에 악하게 되어 버린 하나의 독일이 있을 뿐입니다. 악한 독일 – 그것은 잘못된 선한 독일이며 불행에 빠지고 죄악으로 전락하게 된 선한 독일입니다. 그 때문에 독일인으로 태어난 어떤 정신적 인간이 죄악을 짊어진 악한 독일을 완전히 부정하면서 "나는 선하고 고귀하고 정의로운 백의의 독일이다. 악한 독일은 여러분께서 박멸해 주시기 바란다"라고 선언한다는 것이 불가능합니다. 제가 여러분에게 독일에 대해 설명하고 대강 암시하고자 했던 것 중 그 아무것도 낯설고 냉담하고 무관한 지식에서 나오지 않았습니다. 저도 저 자신 속에 그것을 지니고 있고, 이 모든 것을 몸소 경험했습니다.[49]

49 Ebda., S. 1146.

이 연설문에서 작가 토마스 만의 대(對) 미국인, 대(對) 세계인 '전략'이 엿보인다. 그는 나치 독일의 죄악을 덮거나 미화하지 않고 독일인의 본성에 내재해 있는 선한 독일과 악한 독일을 함께 보여주고, 그 잘못될 수 있는 조합(組合)의 가능성을 설명해 주는 것이 상책이라고 생각했던 것 같다.

토마스 만은 작품 속에서도 '은총'과 '용서'가 간단히 말로 이루어질 수 있는 성질의 것이 아니라는 점을 누차 강조한 바 있다. 그럼에도 불구하고, 그는 독일의 작가로서 세계인들을 향해 '용서'를 빌고 있는 것이다.

일찍이 언어의 길을 택해, 자신의 아저씨로부터 "자신의 둥지를 더럽히는 한 마리 슬픈 새"라고 비난받았던 한 작가가 이제 망명지에서 세계인들을 향해 자신의 조국과 민족을 '용서'해 달라고 발언하고 있다는 것 자체가 하나의 사건이다. 이 발언은 한 나르시스가 입 밖에 낼 수 있는 가장 위대한 언술행위이다. 이것은 자기 "문화를 몸에 지니고 다니던"[50] 한 작가가 자기 조국과 자국의 문화를 위해 기여할 수 있던 최선의 '전략'이었으며 최대한의 활동력이었다.

1945년, 독일 패전 직후에, 독일인들로 인해 상처받고 독일에 분노하고 있던 세계인들을 상대로 토마스 만 이외에 누가 감히 이런 발언을 할 수 있었을까?

50 Thomas Mann bei seiner Ankunft in New York am 21. Febr. 1938, in: The New York Times vom 22. Febr. 1938, S. 13: "I carry my German culture in me."

아시아의 독문학자로서 나는 토마스 만이 그때, 그 자리에 존재하였고, 그래서 그 말을 할 수 있었다는 것 자체가 독일인들의 '불행 중 행운'이었다고 생각한다. 그리고 이것은 한 시인의 위대성이 실제 역사에서 실감되는 드문, 빛나는 순간이기도 하다.

현대 독일인들은 까다롭다. 독일인들은 이해와 용서보다는 헤집고 비판하기를 좋아한다. 그래서 그들의 비판 앞에서는 괴테 이래로는―아니, 괴테까지도 포함해서―단 한 사람의 완벽한, 존경할 만한 시인도 존재하기 어렵다. 토마스 만도 그들로부터 많은 상처를 입은 시인이다. 일부 독일인들은 그의 '비정치적' 전력을 용서하지 않았고, 또 다른 독일인들은 그가 적국으로부터 고국의 국민들에게 방송 연설(「독일의 청취자 여러분!」)을 한 것을 용서하지 않았다. 어떤 사람은 그가 망명지 미국에서 동독도 서독도 아닌, 스위스로 귀환한 것을 용서하지 않았다. 또 어떤 사람은 그가 대체로 이재(理財)에 밝게 행동한 것을 흠결로 공격하기도 했다. 하지만 그들은 1947년에 나온 토마스 만의 소설 『파우스트 박사』를 잊어서는 안 된다. 비록 전후 2년 만에야 출간되었지만, 한 독일인 작가가 독일과 독일인의 죄업에 대해서 최초로 하느님에게 '은총'을, 세계인에게 '용서'를 빌었기 때문이다. 나중에는 하인리히 뵐과 귄터 그라스 등 많은 전후 작가들이 그의 뒤를 이어 더욱더 철저한 과거극복의 작업을 했으며, 이 작업이 결국 나중에 동·서독이 재통일될 수 있는 길을 열어 주었다. 하지만 그들에 앞서 누군가 책임감 있는 독일인 지도자가, 전후에, 적시에, 하느님에게 '은총'을, 세계인에게 '용서'를 비는 태도를 먼저 보였어야 했다. 그때, 그 자리에 토마스 만이란 시인이 있었다. 그리고 그는 작품으로써, 그리고 연설을 통해 적시에, 적절한 발언을 해 주었다. 토마스 만이 이 역할을 감당해 주었다는 사실에 대해 아마도 독일인들은 영원히 감사해야 할 것이다.

Ⅳ. 『선택받은 사람』
— 스토리텔러의 청랑(晴朗)한 하늘로 다시 날아오르다

1. 낙천적 소재로의 전환

『선택받은 사람』(Der Erwählte, 1951)은 토마스 만이 남긴 8편의 장편소설 중에서 가장 짧은 작품이다. 짧기도 하거니와 내용도 중세의 그레고리우스 성담(聖譚, Legende)을 풀어쓴 것이어서, 대개의 토마스 만 연구가들은 이 작품의 의의를 경시해 왔다. 하지만 나는 이 작품이 작가 토마스 만을 올바르게 이해하는 데에 중요한 열쇠가 된다고 생각한다. 우선, 토마스 만의 작품으로서 이 소설만큼 완결된 형식미와 재미있는 내용을 함께 보여주는 작품이 없다는 점을 먼저 말해 두고 싶다.

사실 『요젭과 그의 형제들』과 더불어 작가 토마스 만은 이미 소설문학의 최고봉에 올라 있었다. 이 작가는 더 이상 예술성과 시민성 사이에서 갈등을 겪을 필요가 없었고, 더 이상 '반어성'으로 괴로워하지 않아도 되었다. 최고봉 위에서 내려다보는 인간세사는 모두 스토리텔러의 청랑한 하늘 아래에 —근심도, 갈등도 없이— 펼쳐져 있었다. 그는 작가로서 우뚝 솟은 산봉우리 위에서 '해학성'의 시원한 바람을 쐬면서 껄껄 웃으며 모든 것을 대범하게 내려다볼 수 있게 된 것이었다.

하지만 그의 조국 독일의 참담한 불행 때문에 그는 이 산봉우리로부터 다시 골짜기로 내려와 다시 속세의 오욕과 죄책의 문제에 고심하지 않을 수 없었는데, 소설 『파우스트 박사』의 집필이 바로 그것이었다.

1947년 『파우스트 박사』가 탈고되자, 독일인으로서의 큰 책임을 다한 작가 토마스 만은 우선 심정적으로, 『요젭과 그의 형제들』의 그 드높은 신화적 영역으로 다시 되돌아가고 싶었을 것으로 추측된다. 그런데 출산에 '후산'이란 것이 있듯이, 『파우스트 박사』가 난산이었던 만큼, 그 작품을 준비하는 가운데에 생긴 '후속극' 비슷한 이야기가 하나 남게 되었는데, 그것이 바로 『선택받은 사람』이었다.

토마스 만이 소설 『파우스트 박사』를 마무리하는 데에 가장 어려웠던 작업은 자신의 파우스트 소설 속에서 '속죄'와 '은총'의 문제를 어떻게 처리하느냐 하는 문제였으며, 그는 이 문제를 해결하기 위해 『로마의 이야기들』(Gesta romanorum)과 중세 서사시인 하르트 만 폰 아우에의 『그레고리우스』까지 구해서 읽었다. 물론, 이 독서 결과의 일부가 『파우스트 박사』의 제31장에서도 다루어졌지만, 토마스 만은 이 '그레고리우스 성담'을 독립된 작품으로 한번 풀이해서 써보고 싶다는 생각을 하게 되었다. 그래서 『파우스트 박사』에 연이어 쓰게 된 작품이 바로 『선택받은 사람』이다. 토마스 만의 일기를 참고하면, 이 소설은 1948년 1월 21일에 쓰기 시작하여 1950년 10월 26일에 탈고한 것으로 되어 있다.

'그레고리우스 성담'은 원래 「그레고리우스 교황의 삶」(Vie du pape Gregoire)이라는 전설로 프랑스에 전해 내려오던 것이었는데, 12세기에 하르트만 폰 아우에가 『그레고리우스』라는 서사시를 쓴 것이 유명하며, 『로마의 이야기들』이란 라틴어 책에도 실려 있는 유명한 근친상간—자매상간으로 태어난 남자 아이가 자라나 또다시 모자상간을 범하게 되는 이중의 근친상간— 의 이야기로서, 인간의 죄악과 속죄, 그리고 하느님의 은총에 관한 이야기이다.

『선택받은 사람』은 『파우스트 박사』의 '후속극'처럼 쓰이게 되었으나, 실은 죄인 그레고리우스가 속죄를 통해 하느님의 대행자인 교황으로까지 고양된다는 의미에서는 아드리안 레버퀸의 '추락'의 이야기인 『파우스트 박사』와는 '반대방향의 소설'(Gegenroman)[51]로도 이해될 수 있다. 4년 동안 음울한 현실의 비극을 그리는 데에 몰두

51 Helmut Koopmann (Hrsg.): Thomas-Mann-Handbuch, Stuttgart 1990, S. 502.

해 왔던 토마스 만은 아마도 보다 낙천적인, 신화의 세계로, ―비현실적이고 비사실적인 인류보편적 이야기로― 다시 방향을 한번 전환해 보고 싶었던 것 같기도 하다.

2. 죄인으로부터 교황으로 고양된 그레고리우스

플란데른-아르트와 공국(公國)에 그리말트 공작과 그의 비(妃) 바두헤나 부처가 행복하게 살고 있었는데, 유일한 걱정은 그들 사이에 아기가 없다는 것이었다. 그러던 중 마침내 베두헤나 비에게 태기가 있어 열 달 만에 쌍둥이 오누이를 낳게 되었으나, 난산 끝에 안타깝게도 바두헤나 비가 그만 세상을 떠나고 말았다.

빌리기스와 지뷜라 오누이는 둘 다 아름다웠지만, 아버지 그리말트 공은 특히 딸 지뷜라를 몹시 사랑하였다. 지뷜라에 대한 주위의 청혼을 모두 거절해 오던 그리말트 공은 명이 다하여, 아들 빌리기스에게 여동생을 잘 돌봐주라는 유언을 남기고 세상을 떠났다.

오누이는 자만심이 하늘을 찔러 그 누구도 자신들만큼 고귀하지 않으며, 자기들 남매 이외에는 그 누구도 감히 자신들의 짝이 될 수 없다고 생각하면서, 단둘이서만 붙어 지내다가 필경에는 서로 도저히 떨어질 수 없는 사이로 되고 만다. 어느 날 둘이 드디어 한 잠자리에 들려고 하자 충견 하네기프가 구슬피 짖어대었다. 빌리기스는 하네기프를 칼로 베어 죽이고 지뷜라와 잠자리를 같이했는데, 얼마 안 있어 지뷜라의 배가 점점 불러 오게 된다.

당황한 그들은 아버지의 충신이었던 기사 아이젠그라인에게 이 사실을 털어놓고 도움을 청한다. 아이젠그라인의 충고에 따라, 빌리기스는 죄를 씻기 위해 십자군 참전을 위한 순례의 길을 떠나고, 지빌라는 아이젠그라인의 성에서 남몰래 아기를 낳기로 결정이 내려진다. 하지만 길을 떠났던 빌리기스는 성지로 떠나는 배를 타기 위해 마르세유에 채 도착하기도 전에 병이 들어 시체로 되돌아온다.

지빌라는 아들을 낳았지만, 이 세상에 머물 곳이 없는 아기이기 때문에 상자에 넣어진 채 소매해협의 물결 위에 띄워 보내진다. 상자에는 양육비 조로 금덩이를 넣은 빵을 넣었을 뿐만 아니라, 원래 귀한 몸으로 태어났지만 죄 많은 부모한테서 죄악의 열매로 태어났기 때문에 이렇게 떠나보낼 수밖에 없다는 출생의 비밀을 적은 상아판도 함께 넣어졌다.

그 상자는 어느 외딴 섬의 어부에 의해 발견되었는데, 이 사실을 우연히 목도한 수도원 원장이 아기를 보호하게 된다. 원장은 이 아기가 우선 어부의 가정에서 거두어질 수 있도록 주선하고, 아기에게 자신의 이름 그레고리우스를 세례명으로 주며, 나중에는 그레고리우스가 수도원에서 교육을 받을 수 있도록 조처한다. 그래서 그레고리우스는 성경, 고대법, 그리고 기독교 신학을 철저하게 공부한다. 그레고리우스가 자라남에 따라 그 모습이 준수하고 그 감정이 특출하게 섬세한 것이 드러나면서 누가 봐도 예사로운 아이가 아닐 것이라는 짐작을 갖게 한다. 그러던 어느 날 그는 자신과 나이가 비슷하지만 기골이 장대하고 좀 거칠게 생긴 어부의 아들과 다투게 되는데, 그레고리우스는 힘으로는 그 형을 결코 이길 수 없었지만, 정신의 집중력을 발휘하여 형의 코를 부러뜨린다.

다쳐서 집에 돌아온 아들을 본 어부의 아내가 전후 사정을 듣자마자 그만 그동안 참아왔던 분노가 터져 나와 그레고리우스가 친자식이 아니라 주워온 자식임을 입 밖에 내고 만다. 마침 뒤따라오다가 어머니의 이 말을 엿듣게 된 그레고리우스는 자신의 정체성의 위기를 겪게 된다.

그레고리우스가 수도원 원장을 찾아가 자신의 유래에 관해 묻자, 원장도 이제는 하는 수 없이 그를 발견하게 된 경위와 그가 타고난 원래의 고귀한 신분을 알려준다. 원장은 그에게 그 상아판까지도 넘겨준다. 이제 자신의 죄 많은 출생경위를 알게 된 청년 그레고리우스는, 전부터 성직자로서의 길보다는 기사가 되고 싶은 꿈에 사로잡혀 있던 차에, 육지로 나아가 자신의 출생 경위를 밝히고 자기 양친을 찾아 그들의 죄를 구제해 주기 위해 섬을 떠난다. 그의 양육비 조로 상자 안에 들어있던 금덩어리를 어느 유태인에게 맡겨 그동안 돈을 불려 놓았던 원장은 그 돈을 그레고리우스에게 주어 그가 기사로서의 무장을 갖출 수 있도록 해 준다. 그리하여 17세의 기사 그레고리우스가 유럽 육지의 도시 브뤼게에 당도하게 된다.

거기서 그는 소위 '연애전쟁'에 대한 얘기를 듣게 되는데, 호흐부르군트-아렐라트의 로제 공작이 여러 해 전부터 지뷜라 여왕에게 구혼을 하면서, 그녀의 성(城)을 포위하고 허혼해 줄 것을 강요하고 있다는 것이었다.

청년으로서 무엇인가 큰일을 해내겠다는 욕심과, 자기 실존에 내재해 있는 죄에 대해 속죄를 하고 싶은 생각에 이끌린 기사 그레고리우스는 ―예의 그 정신적 집중력을 발휘하여― 그 무례한 구혼자를 물리치고 여왕과 그녀의 나라를 구한다. 공국의 원로회의는 이런 '연애전쟁'이 다시 되풀이되지 않으려면 여왕께서 결혼을 하시는 것이 좋겠다는 청원을 올린다. 여왕이 이를 허락하고 자신의 나라를 해방시켜 준 청년을 남편으로 맞이하게 되는데, 이로써 두 번째 근친상간이 이루어지는 것이다.

이 결혼으로부터 둘째 딸이 생겨날 무렵, 여왕이 어느 날 호기심이 많은 한 시녀로부터 대공, 즉 자기 남편의 이상한 비밀 참회에 대한 보고를 받게 되어, 그 비밀, 즉 상아판을 몰래 보게 된다. 자신이 직접 상자에 넣었던 그 상아판을 다시 보게 된 지뷜라는 혼절하여 자리에 눕게 된다. 마침 사냥을 나가 있던 대공이 급거 되돌아오자, 그는 자신의 아내가 자신을 낳은 어머니라는 사실을 알게 된다. 그는 지뷜라로 하여금 여왕의 자리에서 물러나 빈자와 병자의 구휼에 헌신하도록 하고, 자신은 참회의 삶을 살기로 결심하고 순례의 길을 떠난다.

황야를 방랑하던 중 그레고리우스는 어느 어부의 집에 도착한다. 그레고리우스가 비록 거지 차림을 하고는 있었으나 손발과 이목구

비로 보아 귀인임이 분명함을 알아본 그 어부가 그를 골탕 먹일 생각으로 한 외딴 호수의 한 가운데에 험준하게 솟아있는 바위 위에까지 그를 데려다 놓고는 그의 몸에 사슬을 채운 뒤 그 열쇠를 호수 깊숙이 던져 버리고 나서 다음과 같이 말한다. ―"내 언젠가 저 깊은 물속으로부터 저 열쇠가 다시 건져 올려진 것을 보게 된다면, 그때에는 내가 당신에게 용서를 빌지, 이 성자 양반아! 어디 실컷 울부짖고 추위에 벌벌 떨어보렴!"[52]

그레고리우스는 거기 바위 위에서 암반으로부터 조금씩 고여 나오는 일종의 '대지의 젖'을 핥아 먹으면서 17년간이나 목숨을 이어가며 참회를 하는데, 신체는 고슴도치처럼 쪼그라들어서, 겨울에는 동면에 빠져들기도 하고 여름에는 찌는 듯한 태양광선을 간신히 견뎌낸다.

그러던 중 마침내 로마에서 두 명의 사자(使者)가 어부의 집으로 찾아와 그레고리우스를 찾게 된다. 즉, 그동안 로마에서는 교황이 돌아가시고 두 파가 갈려 서로 싸우는 통에 교황청은 새 교황을 맞이하지도 못한 채 위기 상황에 빠지게 되었는데, 이때에 그들 두 사람, 즉 로마에 사는 성직자 한 사람과 속인 한 사람에게, 먼 북구의 한 은자를 모셔오라는 어린 양의 계시가 나타난 것이었다. 플란데른의 어느 바위 위에 있는 참회자 그레고리우스를 찾으라는 것인

52 Th. Mann: Gesammelte Werke, Bd. 7, S. 189 (Der Erwählte).

데, 그분이 차기 교황이라는 계시였다. 두 사람은 즉각 길을 떠나 마침내 그 어부의 집에 당도하게 된다. 어부는 두 나그네에게 식사로 대접하려는 물고기의 배에서 그레고리우스의 사슬을 채웠던 그 열쇠가 나오는 것을 보게 된다. 그는 열쇠가 다시 올라온 것을 이상히 여겼지만, 그레고리우스가 아직 살아 있을 것이라는 생각은 전혀 하지 않는 가운데에, 그 나그네들을 예의 그 외딴 섬의 바위 위로 안내해 갔다. 그레고리우스의 뼛조각이라도 발견할 것을 기대했던 어부와, 교황이 될 수행자를 만나기를 기대했던 로마의 사자들은, '선택받은 사람'은 고사하고 천만 뜻밖에도 고슴도치 같은 어떤 생물체 하나를 발견하게 되는데, 놀랍게도 그것이 그들에게 말을 하는 것이었다. 그의 이름과 출생지를 묻자 그 생물체가 예언대로 대답을 했다. 성직자 쪽은 화를 내면서 고슴도치를 교황으로 모실 수는 없다, 회교도들이 얼마나 비웃어 댈 것인가 하고 말했다. 그들이 너무나 실망해서 그만 그 자리를 떠나고자 했을 때, 그 털투성이의 생물체가 그들의 등 뒤에서 다음과 같이 말하는 소리가 들렸다. —"저는 한때 문법과 신학, 그리고 법학을 공부한 적이 있습니다."[53] 그러자 속인 사자가 반대하는 성직자 사자에게, 이 만남에서 신의 높으신 섭리를 인식해야 하지 않겠느냐고 성직자 사자를 설득하기 시작했다. 그리하여, 그들은 그 생물체를 어부의 집으로 데

53 Ebda., S. 228.

려오게 되었는데, 이동 중에, 그리고 어부의 집에서 음식을 드는 중에, 그 생물체가 조금씩 인간의 형상으로 되돌아오게 되었다는 것이다.

그레고리우스는 로마에서 새 교황으로 추대되었다. 그는 지혜와 권위로써 교회를 찬연한 새 시대로 이끌었다. 몇 년 후에, 그동안 어려운 사람들의 구휼에 헌신하여 노년이 된 그의 어머니가 두 딸을 데리고 로마로 순례 여행을 왔으며, 그녀 일행은 그레고리우스 교황을 알현할 수 있게 되었다. 지뷜라는 교황에게 고회하는 가운데에서 고백하기를, 그녀는 의식의 저변에서는 그 해방자가 첫눈에 자기 아들임을 알아보고도, "모르는 중에도-알면서"(unwissentlich-wissend)[54] 자신의 아들을 남편으로 맞이했다고 털어놓는다. 교황도 그녀에게 자신의 상아판을 보여주면서 아들과 남편, 그리고 교황이 '삼위일체'임을 고백한다.

3. 2대에 걸친 근친상간

자신이 특별히 선택받았다는 의식과 그 오만성에 기인한 근친상간, 이것이 이 소설의 출발점이다. 자주 기독교적 오이디푸스 신화로 지칭되는 이 성담에서 근친상간이 두 세대에 걸쳐서 두 번이나 이루어진다. 빌리기스와 지뷜라는 그들의 자기애 때문에 남매 근친

54 Ebda., S. 254.

상간에 빠지고 이 죄악의 열매로 태어난 아들 그레고리우스는 17년 뒤에 자신의 어머니 지빌라와 다시 모자 근친상간 관계에 빠져들게 된다. 아들과 어머니의 당시 정황으로 미루어 볼 때, 상대방의 정체를 어느 정도 예감할 수 있었기 때문에, 이 두 번째 근친상간도 불가피한 근친상간이라기보다는 선민의식과 오만성에 기인한 큰 죄악에 다름 아니다.

그레고리우스도 오이디푸스와 비슷하게 자신의 뿌리를 찾던 중에 자기 어머니와의 근친상간에 빠지게 되지만, 중요한 것은 이 근친상간이 지나친 자기애에 근거한 오만성 때문에 일어나게 된다는 점이다. 자신의 혈통에 대한 억제할 수 없는 자기애와 오만성 때문에 그들은 죄인이 되는 것이다.

4. 청량성과 해학

하르트만 폰 아우에의 서사시나 『로마의 이야기들』을 통해서 유럽에 너무나 잘 알려져 있는 이 이야기를 토마스 만이 다시 현대적 소설로 풀어서 이야기하고 싶었던 것은 아마도 근친상간의 원인이 혈통의 '오만성'(superbia)에서 비롯되었기에 이스라엘 민족이나 독일인들의 선민의식을 연상시킨다는 점 때문이었던 것 같다. 또한, 오만으로 인한 근친상간, 죄인들의 속죄, 그리고 그에 따른 '은총'의 문제 등이 그레고리우스가 교황으로까지 높여지는 '고양(高揚)의 이야기'를 통해 낙천적으로 해결된다는 점이 『파우스트 박사』의 독일

문제에 국한된 음침하고도 비극적인 '추락의 이야기'보다 훨씬 더 큰 인류 보편적 문제성으로까지 확대될 수 있다는 데에 아마도 토마스 만은 큰 매력을 느꼈던 것으로 보인다.

토마스 만이 이 『선택받은 사람』을 대작 『파우스트 박사』의 '후속극'이라고 말한 것도 이런 저간의 사정을 잘 말해 주고 있다. 이 그레고리우스의 이야기는 실제로 소설 『파우스트 박사』에서도 아드리안 레버퀸이 작곡하는 오페라 인형극과 관련하여 상당히 길게 언급되고 있다.[55]

하지만 토마스 만이 정작 이 『선택받은 사람』을 쓰게 되었을 때, 이 작품이 『파우스트 박사』의 '후속극' 정도의 왜소한 작품으로 고정되기는커녕, 오히려 바로 전 작품 『파우스트 박사』의 음산한 분위기, 문제성으로 점철된 음악적·철학적 난해성 등을 훌쩍 뛰어넘어, 토마스 만 자신이 이전에 이미 한번 도달한 경지, 즉 『요젭과 그의 형제들』의 신화성 속으로 드높이 날아오르게 되는, 스토리텔러로서의 그 청랑성(晴朗性, Heiterkeit)의 경지로 다시 복귀하게 되는, 드문 예술가의 성취가 일어나게 되는 것으로 보인다.

토마스 만은 자신에게 수여되었던 명예박사학위가 취소되자 1937년 본(Bonn) 대학 철학부 학장에게 보내는 공한(公翰)에서, 자기는 "이 세상에다 싸움과 증오를 부추기기보다는 약간의 고상한 청

55 Vgl. Th. Mann: Gesammelte Werke, Bd. 6, S. 422ff.

랑성을 선사하는"[56] 사명을 띠고 태어난 사람으로서 자신을 이해하고 있다고 쓴 바 있지만, 「토니오 크뢰거」를 비롯한 초기 작품들에서 늘 여러 가지 양극성 사이에서 갈등을 겪으면서 '반어성'(反語性, Ironie)의 모순에 시달려 오던 그는 이제 이 『선택받은 사람』과 더불어, 이런 갈등과 모순을 벗어나 이 세상에다 "고상한 청랑성"(höhere Heiterkeit)을 선사하는 경지, 고차원적인 '해학'(諧謔, Humor)의 경지에 다시 진입한 것이다. 즉, 작가의 마음이 구름 한 점 없이 개인 푸른 하늘과 같이 '청랑하다'는 것인데, 우리 동양인들의 불교적 개념으로 설명하자면, 아무런 '아집'도 없는 '무념'(無念)의 경지에 도달했다고나 할까, 더 이상 그 어떤 집착도 없이 사물과 인물을 자유자재로 다룰 줄 아는 서술적 자아의 초월적 경지, 즉 스토리텔러로서의 최고의 경지에 도달했다고 할 수 있을 것이다.

5. '이야기의 정령'과 초월적 서술자

'서술적 자아의 초월적 경지', 또는 '스토리텔러로서의 최고의 경지'라는 말이 나왔으니 말인데, 여기서 우리는 소설 『선택받은 사람』의 첫머리 부분을 연상하지 않을 수 없다. 새 교황 그레고리우스 일행이 로마에 도착하기 사흘 전부터 이처럼 경건하고 교훈적인 교황은 일찍이 없었다는 사실을 온 세상에 널리 고지하기 위해 로마

56 Th. Mann: Gesammelte Werke, Bd. 12, S. 787.

시내에 있는 모든 교회의 종이란 종이 모두 저절로, 동시에 울리고 있다는 것이다.

"누가 종을 울리는가?"[57] 종지기들도 여타 백성들과 함께 새 교황 일행의 입성(入城)을 축하하기 위해 모두 거리로 뛰쳐나가고 없기 때문에 종루들은 모두 비어 있다. 타종의 줄은 느슨하게 걸려 있을 뿐인데도 종은 이리 저리 흔들리면서 종방울들이 종을 때리며 크게 울리고 있는 것이다. 종을 울리는 사람이 아무도 없다고 말해야 할까? 종루들이 비어 있긴 해도 종들은 울리고 있다. "그렇다면 로마의 이 종들을 누가 울리고 있단 말인가? – '이야기의 정령'(Geist der Erzählung)이다."[58]

모든 곳에 동시에 편재(遍在)하면서 믿을 수 없는 사실을 분명한 사실로서 이야기하고 있는 '정신' – 스토리를 꾸미고 전개해 나가고 있는 이 '영적 존재'를 토마스 만은 '이야기의 정령'이라고 명명하고 있으며, 성(聖) 갈렌(Gallen) 수도원의 도서실에 앉아 이 이야기를 쓰고 있는 아일랜드 출신의 베네딕트 수도승 클레멘스가 바로 이 '이야기의 정령'의 화신이다. 『선택받은 사람』의 이 서술자는 『파우스트 박사』의 서술자 제레누스 차이트블롬보다는 훨씬 더 역사와 현실을 초월하고 있으며, 한 차원 높은 시점으로부터, 무엇보다도 이야기를 '재미있게' 서술하고 있다. 토마스 만은 '요젭소설'에서는

57 Th. Mann: Gesammelte Werke, Bd. 7, S. 9 (Der Erwählte).
58 Ebda., S. 10.

종교를 세속적 · 심리학적으로 재해석함으로써, 즉 종교와 믿음을 다소 상대화함으로써, 정통 성직자들한테서 많은 비판을 받곤 했는데, 베네딕트 교파의 수도승인 『선택받은 사람』의 이 서술자는 어디까지나 종교의 틀 안에 머물면서도, 온갖 인간세사를 낙천적 · 인문적 · 해학적으로 보는 지혜로운 스토리텔러의 모습을 보여주고 있다.

따라서 이 소설이 풍겨주는 기본적 분위기는 종교적 경건성이라기보다는 "삶에 대한 친근감"(Lebenssympathie)[59]이라 하는 것이 옳을 것 같다. 토마스 만 자신도 자신의 작품 『선택받은 사람』이 삶에 대해 지니고 있는 관계를 이런 식으로 말한 적이 없지 않다.

> 나는 사람들을 혼란에 빠트리고자 한 적이 한 번도 없으며, 그들에게 만족감과 위로를 선사하고자 했고 그들의 기분을 청랑하게 만들고자 했다. 그들에게 좋은 것은 이렇게 청랑성을 선사하는 것이다. 청랑성은 증오와 어리석음을 풀어준다. 그래서 나는 즐겨 그들을 웃게끔 만드는 것이다.[60]

여기서 중요한 것이 "청랑성을 선사한다"(Erheiterung)는 말이다. "청랑성"(晴朗性, Heiterkeit)은 위에서도 설명한 바와 같이 한 시인이 구름 한 점 없이 개인 하늘처럼 모든 사소한 이해관계를 초월한 연

59 H. Koopmann (Hrsg.): Thomas-Mann-Handbuch, S. 504.
60 Ebda.

후에야 비로소 도달할 수 있는 마음의 경지이며, '해학'(Humor) 문학의 전제 조건이다.

토마스 만의 생가가 위치해 있는 뤼벡의 브라이테 슈트라세(Breite Straße)에 1975년에 토마스 만을 기념하는 표석이 하나 세워졌다. 그 표석에는 토마스 만이 자신의 50회 탄신일에 행한 한 즉흥연설에서 따온 다음과 같은 글귀가 새겨져 있다.

> 우리 중 아무도 자신이 후세에 어떻게, 어떤 지위의 인간으로 남을지, 시간을 견뎌내고 살아남을 수 있을지 알 수 없다. 후세에 내 작품이 남길 평판에 대해 내게 한 가지 소원이 있다면, *내 작품이 죽음에 대해 알고 있음에도 불구하고 삶에 대해 우호적이었다*는 평을 들었으면 좋겠다는 것이다.[61]

이 말에 이어지는 토마스 만의 설명을 좀 더 들어보자면, 삶에 우호적인 태도에도 두 가지가 있는데, 하나는 '죽음'에 대해 전혀 알지 못하는, 정말 단순하고도 둔감한 '삶에 대한 우호성'이고, 다른 하나는 '죽음'에 대해서도 숙지하고 있는 '삶에 대한 우호성'인데, 이 후자가 진정한 "정신적 가치"(geistiger Wert)를 지닌 것으로서, 이것이 바로 "삶에 대한 예술가들, 시인들, 작가들의 우호성"(die

61 Th. Mann: Gesammelte Werke, Bd. 11, S. 368.

Lebensfreundlichkeit der Künstler, Dichter und Schriftsteller)[62]이라는 것이다.

이런 의미에서 볼 때, 나는 토마스 만의 많은 작품들 중에서 『선택된 인간』이야말로 진정 "삶에 우호적인" 작품이라고 평가하고 싶다. 지금까지 독일의 토마스 만 연구에서 이 작품이 비교적 낮게, 대수롭잖게 평가되어 온 감이 있으나, 나는 이 작품에서 서사작가 토마스 만의 진면목이 유감없이 발휘되어 있다고 생각한다. 그가 정말 '이야기의 정령'이라도 된 듯 거의 무념의 경지에서, 그야말로 '청량한' 마음으로 글을 쓰고 있는 것으로 느껴지기 때문이다. 이 작품의 작가야말로 죽음에 대해서 많은 것을 알고 있음에도 불구하고 —또는 바로 그 때문에 더욱— "삶에 우호적인" 소설 『선택받은 사람』을 남긴 것으로 보인다. 그리고 여기서 덧붙여 말해 두거니와, 토마스 만이란 이름은, 중세 서사시인 하르트만 폰 아우에의 이름이 그렇듯이, 우리 인간들의 삶의 모습들과 그 비밀스러운 이치를 엿보고 그것을 형상화해 낸 중요한 소설가들을 가리키는 이름들 중의 하나로 오래 오래 남게 될 것이다.

62 Ebda.

제 3 부

—

토마스 만과 이청준

I. 한국에 소개된 토마스 만

1. 1920년대

토마스 만이라는 작가가 우리 한국에 처음 소개되는 것은 아마도 식민지 시대였던 1926년 6월 15일자 동아일보에 게재된 김피구(金皮九)의 글 「독일 문호 토마스 만의 예술 (1)」을 통해서였을 것으로 보인다. 여기서 김피구는 토마스 만이 '조선'에서는 물론이고 일본에서도 아직 단 한 편의 작품도 번역되지 않은 작가라며, 그의 처녀장편 『부덴브로크 가의 사람들』을 자세하게 소개하고 있다. 그 며칠 후인 6월 19일자 동아일보에 게재된 「독일 문호 토마스 만의 예술 (2)」에서 김피구는 그의 "가장 빛나는 소설"로서 「토니오 크뢰거」를 상당히 자세히 소개하면서, 토니오 크뢰거의 '리자베타와의 대화' 등을 언급하고 있다. 김피구의 두 번에 걸친 이 소개 글은 현대 독일에 토마스 만이란 중요한 작가가 있다는 사실을 전하는 데에는 충분했으나, 토마스 만이 왜, 어떻게 해서 중요한 작가라는 것을 구체적으로 잘 설명하고 있지는 못하다.

1929년에 토마스 만이 노벨상을 수상한 사실이 극동에까지 보도됨으로써, 그의 노벨문학상 수상작인 『부덴브로크 가의 사람들』이 일본과 그 식민지 '조선'의 식자들에게 '가족사소설'로서 주목을 받게 되었다. 1931년에 나온 염상섭의 작품 『삼대』가 한 가문의 4대에 걸친 가족사를 다룬 소설인 『부덴브로크 가의 사람들』과 어떻게 비교될 수 있는 지에 관해서는 윤순식 교수가 최근에 두 작품의 "소재와 소설구조의 기본 틀"[01]이 비슷하다는 점에 착안하여 두 작품을 서로 비교한 바는 있지만, 염상섭이 『삼대』를 쓸 때 과연 토마스 만의 『부덴브로크 가의 사람들』에 관해서 알고 있었는지, 또는 구체적으로 어떻게, 어느 정도 이 작품의 영향을 받았는가 하는 문제 등은 앞으로 우리 국문학 또는 비교문학이 밝혀내어야 할 과제라 하겠다.

2. 1930년대 및 1940년대

그다음에 토마스 만이 우리나라에 다시 소개되는 것은 1935년 4월 26일부터 5월 4일 사이에 7회에 걸쳐 연재되는 조희순(曺希醇)의 「자서전적 작가 토마스 만 연구」를 통해서였다. 여기서도 『부덴브로크 가의 사람들』이 '가족사소설' 및 '연대기 소설'로서 비교적 상세히 다루어지고 있다.

최재서는 1938년 12월 1일 자 동아일보에서 「〈토마스 만〉의 가족사소설 — 『붓덴부르크 일가』」라는 기사를 통해 그가 프랑스의 작

01 윤순식: 토마스 만의 『부덴브로크 가의 사람들』과 염상섭의 『삼대』, 385쪽, 실린 곳: 안삼환 외: 전설의 스토리텔러 토마스 만, 서울대학교출판문화원, 2011, 365-385쪽.

가들처럼 탁월하지는 않지만 우리가 본받을 만한 "성실과 노력의 작가"라고 소개하고 있다. 그는 1940년 2월 29일 자 조선일보에도 「작가의 다양성 — 토마스 만 작품에 나타난 연애 (1)」를, 그리고 동 3월 2일 자에는 「작가의 다양성 — 토마스 만 작품에 나타난 연애 (2)」를 발표함으로써, 토마스 만을 보다 자세하게 소개하고 있다.

또한, 최재서는 같은 해의 「인문평론」 2월호에 「토마스·만 『붓덴부로-크 일가』 — 가족사소설의 이념」이란 글을 발표하고 토마스 만의 이 처녀장편을 '가족사연대기소설'로 소개하고 있다. 여기서, 우리가 주목하고자 하는 것은 최재서의 다음과 같은 언급이다.

> 그런데 현대에 와서 야심적인 작가들이 너도 나도 하고 가족사연대기소설에 손을 대는 동기는 어디 있는가(독자는 우리 문단에서 김남천(金南天) 씨가 『대하』 제1부를 발표한 것을 기억하리라. 이 작품은 아직도 제1부가 발표되었을 뿐이므로 논평하기를 삼가지만, 그 의도나 수법에 있어서 가족사연대기소설이라는 것은 거지반 틀림없는 바이다).[02]

최재서가 여기서 김남천의 『대하』를 토마스 만의 『부덴브로크가의 사람들』과 마찬가지로 '가족사연대기소설'로서 언급하고 있는 것은 반갑지만, 유감스럽게도 최재서는 김남천의 『대하』에 대해 아

02 최재서: 토마스·만 「붓덴부로-크일가」, 114쪽, 실린 곳: 「인문평론」, 5 (1940.2.), 112-124쪽.

직은 "제1부가 발표되었을 뿐이므로 논평하기를 삼가"고 있다. 염상섭의 『삼대』이건, 김남천의 『대하』이건 간에 이들 1930년대의 한국 소설들이 토마스 만의 '가족연대기소설' 『부덴브로크 가의 사람들』과 어떤 관계에 있는 것인지, 또는 아무 관계도 없는 것인지는 앞으로의 한국 토마스 만 연구의, 또는 한국 비교문학 연구의 주요 연구 과제가 될 것이다.

아무튼 1940년 「인문평론」 2월호에서의 위의 최재서의 소개를 끝으로, 향후 약 20년 동안은 식민지 말기의 일제의 광분과 해방, 민족과 국토의 분단, 그리고 한국전쟁의 와중에 토마스 만의 수용의 흔적을 찾을 길이 묘연한 채 한국 토마스 만 연구는 불가피하게도 맹목이 되는 수모를 감내하지 않으면 안 된다. 앞으로 많은 인내심을 요하는, 힘겨운 발굴의 노력이 필요하다고 본다.

II. 한국문학에 나타난 토마스 만의 영향

1. 대학에서의 토마스 만 강독

토마스 만의 작품이 한국 대학에서 본격적으로 강독되기 시작한 것은 아마도 1950년대 중반 이후로 보아야 할 것이며, 그의 산문정신을 높이 평가하여 그의 작품을 독문 텍스트로 열강한 독문학자는 아마도 1959년에 서울대에 부임한 강두식 교수가 아닐까 싶다. 60

년대 초부터는 지명렬, 김철자, 최순봉 교수 등도 토마스 만의 작품을 비중 있게 다루기 시작했다.

그러나 토마스 만이 일반 독자들이나 한국 작가에게 영향을 끼친 것은 주로 번역서들을 통해서였다. 토마스 만 작품의 본격적 번역은 1950년대 말부터 나오기 시작했는데, 특히 『사기사 펠릭스 크룰의 고백』(강두식 역, 동아출판사, 1959: 「환멸」, 「토니오 크뢰거」, 「마리오와 마술사」 등 단편 3편 포함)이 나온 이래, 『선택된 인간』(박종서 역), 「토니오 크뢰거」(지명렬), 『마의 산』(곽복록) 등이 번역을 통해 일반에 알려지게 되었다.

2. 토마스 만과 한국 작가들

현대 한국의 소설가들 중에 실제로 만의 작품을 읽고 그 영향을 많이 받았다고 고백하고 있는 최초의 작가는 아마도 김원일이 아닐까 한다. 김원일은 "내가 문학에 투신한 동기 밑바닥에 20세기 독일의 최고 소설가 토마스 만이 자리잡고 있으며, 『사기사 펠릭스 크룰』과 『부덴브로크 가의 사람들』과 같은 토마스 만의 성장소설이 『늘푸른 소나무』에도 큰 영향을 끼쳤다"[03]고 고백한 바 있다. 또한, 김광규 교수가 1997년에 한국 현대작가들을 상대로 행한 어느 설문[04]에서, 김원일은 자신이 17세 때 이미 토마스 만의 단편 「환멸」

03 김원일: 「토마스 만과 나의 문학」, 한국독어독문학회 초청강연, 1998.
04 김광규: 「한국 현대문학에 스며 있는 독일문학의 간접적 영향에 관한 설문」, 1997년 4월 1일.

(실린 곳: 강두식 역: 『사기사 펠릭스 크룰의 고백』, 동아출판사, 1959)을 읽고 "나도 문학의 길로 들어서도 되겠다는 용기를 얻"었다고 고백하고 있고, 자신이 토마스 만을 좋아하는 이유로서는 "인간의 양면성인 시민성과 예술성을 극명하게 대립시키며, 인간의 길, 정서의 깊이, 예지, 끝내 현실적 패배를 통한 신성에의 근접 등 인간의 근본문제를 새로운 각도로 모색한 대단원의 교양소설을 남겼"기 때문이며, 토마스 만으로부터 받은 영향의 흔적은 자신의 단편 「연」에서 찾아볼 수 있을 것이라고 답하고 있다.

위에서 특히 우리의 주목을 끄는 점은 김원일이 만의 소설을 주로 '교양소설'로 이해하고 있다는 사실이다. 김원일은 "저 자신은 독일 성장소설의 한국판이라고 할" "좋은 성장소설을 한번 써보겠다는 마음"[05]으로 『늘푸른 소나무』를 썼다고 고백하고 있으며, 그 서문에서도 "한 인간의 성장과정을 발전적으로 엮는 소설 한 편은 쓰고"[06] 나서 소설가로서의 삶을 마감하고 싶다는 소망을 고백하고 있다.

실제로, 토마스 만의 『마의 산』과 김원일의 『늘푸른 소나무』를 비교해 보고자 하는 시도도 없지 않았다.[07]

아무튼, 작가 김원일에게 있어서 독일의 작가 토마스 만은 매우

05 김원일: 성장소설의 매력, 2002년 4월 26일.

06 김원일: 늘푸른 소나무, 문학과지성사, 1990, 1권, iv쪽.

07 Vgl. Huan-Dok Park / Young-Ok Kim: Übernahme, Anverwandlung, Umgestaltung. Thomas Mann in der koreanischen Literatur, in: Zeitschrift für Germanistik, Neue Folge VII-1/1997, S. 9-24.

중요한 본보기로서 기능했던 것 같다. 이를테면 최근에 나온 그의 소설 『아들의 아버지』에서도 우리는 다음과 같은 묘사를 읽게 된다.

> 독일 작가 토마스 만이 인간을 평가했던 두 가지 타입인 예술성과 시민성에서, 아버지가 예술성이 강한 사람이라면 어머니는 시민성이 강한 사람이었다. 어머니는 남정네가 들여놓는 돈으로 집안에서 자식 키우며 살림이나 여물게 살 구식 여자였다.[08]

여기서 김원일은 토마스 만이 그의 초기 작품에서 즐겨 보여준 이른바 '예술가 기질'과 '시민 기질'이란 이분법을 거의 보편화된 상식이기라도 되는 것처럼 자신의 아버지와 어머니의 성격을 대비시키는 데에 이 이분법을 자연스럽게 원용하고 있다. 이 원용은 언뜻 읽기에 자연스러운 것 같지만, 김원일이 한국 독자의 수준을 대단히 높이 평가하고 있거나, 그것이 아니라면 토마스 만이란 독일의 소설가가 김원일 자신에게는 아주 자연스러울 정도로 친근하게 여겨지고 있다는 사실의 방증일 터이다. 아닌 게 아니라 김원일은 이 소설의 다른 대목에서 또 다시 고백하기를, 자신이 문학청년 시절 "탐독했던 외국 소설가"로서 "만·카뮈·프루스트·조이스·포크너"[09]를 들고 있고, 여기서도 토마스 만을 제일 먼저 거론하고 있는

08 김원일: 아들의 아버지, 문학과지성사, 2013, 46쪽.
09 위의 책, 59쪽.

것이다.

1977년에 등단한, 김원일의 아우 김원우의 경우, 지금까지 토마스 만을 가장 흠모한 한국 작가라 해도 좋을 것이다. 김광규 교수의 위의 설문 중 토마스 만의 작품 중 인상 깊었던 것으로서 김원우는 『사기사 펠릭스 크룰의 고백』을 들면서 다음과 같이 쓰고 있다. "만연체 문장에 매료되었다. 그 길다란 복문이 아주 유려하다고 생각했다. 번역도 뛰어났다. … 그 후 곧장 『부덴브로크 일가』를 읽었는데, 그 번역 문체가 대단히 껄끄러웠던 기억은 아직도 생생하다" [강두식 역 『사기사 펠릭스 크룰의 고백』의 문체가 유려하고, 이효상 역 『붓덴브루크 一家』(을유문화사, 1963)의 문체가 매끄럽지 못하다는 것은 독문학계의 일반적 평가이기도 하다]. 이어서 김원우는 만의 작품 중 특히 마음에 들었던 것으로서 『마의 산』을 들면서, "현대소설의 에세이화가 절묘하게 구현되어 있다. 스토리도 풍부하고 세템브리니나 나프타 등 성격 창조도 뛰어나며 사유량도 어지러울 정도로 명쾌하다"는 사실을 그 이유로 들고 있다. 그런데 "그 작품이, 선생님이 창작활동을 하실 때, 간접적인 영향을 끼쳤을지도 모른다고 생각하십니까?"라는 조심스러운 투의 문항에 대해서 김원우는 놀랍게도 "'간접적인 영향'이 아니라 '직접적인 영향'을 받았다, 그 '영향'의 대종은 물론 '산문정신'과 '문체'다. 여기서의 '산문정신'이란 물론 이 '세계'를 어떤 식으로든 해명해야 한다는 당위의 신념이다"라는 대답을 하고 있다. 이어서 그는 자신의 "첫 장편소설 『짐승의 시간』은 『마의 산』에 대한 나름의 분석이다. 『마의 산』을 독파한 충격이 『짐승의 시간』의 모티프였다고 해도 과언이 아니다"고 거침없이 술회하고 있다. 실제로, 『짐승의 시간』(민음사, 1986)에서는 주인공이 자기 방에 다음과 같은 '나의 경구'를 적어놓는다.

— 산문정신의 체현자, 토마스 만은 매일 오전 중에만 넥타이까지 단정히 매고 세 시간씩 일한다. 그 집필작업을 그는 '외로운 정신적 유희'라고 부른다. 부르주아의 나태와 부도덕을 막는 이 개인적인 장치로 토마스 만은 행복과 장수(長壽)에 다다르는 먼 여행길을 천천히, 그러나 확실하게 걸어갔다. 그의 글의 겸손과 오만, 모호한 세계인식과 가치질서를 가시적(可視的)이며 보편적인 경지로 끌어올리는 완만한 스타일을 배우기 전에 그의 성실과 규칙적인 생활과 엄격하게 규격화된 자세부터 귀감으로 삼을 일이다! (10쪽)

그리고 주인공은 이 "'나의 경구'를 바라볼 때만은 행복했다"(11쪽)고 말하고 있으며, 이 소설에서 『마의 산』에 관한 대화가 여러 번 나오기도 한다.[10] 요컨대, 『짐승의 시간』은 "마(魔)에 들씌워 있"[11]는 것 같던 70년대 말의 한국 사회와 그 시대상을 토마스 만의 명징한 산문정신으로 형상화해 내고자 노력한 소설로 이해된다.

10 김원우: 짐승의 시간, 민음사, 1986, 187-188쪽, 218-219쪽 등 참조.
11 위의 책, 297쪽.

또한, 김원우는 위의 설문의 답지에 이렇게 쓰고 있다.

> 일본 작가 미시마 유키오(三島由紀夫)가 토마스 만 문체를 극복하겠다고 공언한 사실은 의미심장하다. 미시마의 작품은 실제로 내용은 일본 것을, 그 기법은 토마스 만을 원용한 것일 뿐이다. 말하자면, '화혼양재'(和魂洋才)다.

미시마 유키오야 어쨌든 간에, 분단상황 하의 군사정권과 그에 맞서 싸우려던 민주 청년들의 울분과 고뇌라는 70년대 말 현대 한국의 복잡다단한 사회상을 앞에 두고 이를 그야말로 총체적으로 한번 형상화해 보고자 했던 작가 김원우에게는 현실의 질곡에 묶여 있던 동시대인들과 자신의 참담한 상황에 처하여 자칫 급해지려는 자신의 고삐를 단단히, 천천히 다잡기 위해서도 토마스 만의 "완만한" 산문정신이 큰 모범으로 작용했던 것으로 보인다.

토마스 만 수용에 있어서 김원우보다 한 걸음 더 나아간 작가가 있는데, 정찬이다. 2003년에 나온 그의 소설집 『베니스에서의 죽음』의 표제 소설 「베니스에서 죽다」에서는, 작품 중에서 토마스 만이 실제로 언급되고 논의되는 데에 거치지 않고, 토마스 만의 단편 「베네치아에서의 죽음」(1912)의 주인공 아센바흐의 모델이 되었던 음악가 구스타프 말러에 대한 이야기까지 나오는가 하면, 마지막에는 아센바흐가 아예 작중 인물로 잠깐 등장하기까지 한다. 우선, 여주인공에 대한 다음과 같은 묘사를 보자.

> 시간을 거꾸로 세운 삶의 방식은 그녀에게 정신의 풍요를 준 대신 육체의 건강을 앗아갔다.[12]

이것은 토마스 만이 자신의 예술가들, 특히 토니오 크뢰거를 묘사할 때 실제로 언급했던 표현법이기도 하다.

> 그[토니오 크뢰거]는 이 지상에서 가장 숭고한 것으로 생각되는 정신과 언어의 힘에 자신을 전적으로 내맡겼으며, 의식과 말이 없는 삶 위에 미소를 띠며 군림하는 그 힘에 봉사하는 것이야말로 자신의 천직이라고 느꼈다. 그는 자신의 젊은 열정을 다하여 그 힘에 자신을 바쳤고, 그 힘도 그에게 자신이 선사할 수 있는 모든 것으로써 보상하였으며, 자신이 그 대가로 받아내곤 하는 모든 것을 그에게서부터 가차 없이 빼앗아 갔다.[13]

여기서, "자신이 선사할 수 있는 모든 것으로써 보상하였으며, 자신이 그 대가로 받아내곤 하는 모든 것을 그에게서부터 가차 없이 빼앗아 갔다"는 토마스 만적 '정신과 언어의 힘'이 "정신의 풍요를

12 정찬: 베니스에서 죽다. 문학과지성사, 2003, 209쪽.
13 Th. Mann: Gesammelte Werke, Bd. 8, S. 289f. (Tonio Kröger).

준 대신 육체의 건강을 앗아간" 여주인공의 "시간을 거꾸로 세운 삶의 방식"과 대비될 수 있음은 명백하다.

아무튼, '그림자 없는 영혼'으로서의 아센바흐와 나란히 앉아 딸기를 함께 먹을 수 있는 인물이 현대 한국 소설에도 등장하게 된 것이다. 이것은 한국의 소설가들도 이제는 토마스 만 못지않게 엄격하고 치열하게 자신의 작업을 하고 있으며, 토마스 만이 마주하지 않으면 안 되었던 그 문제성에 도달해 있다는 방증이기도 하다.

또한, 토마스 만의 「토니오 크뢰거」를 자신의 작품에서 본격적으로 거론하면서 자신의 작가적 궤적의 큰 전환점으로 삼고자 하는 작가가 드디어 한국 문단에도 나타났다. 바로 공지영이다. 2011년도 이상문학상 수상작인 단편소설 「맨발로 글목을 돌다」에서 그녀는 토니오 크뢰거의 저 유명한 "평범성이 주는 온갖 열락을 향한 은밀하고도 애타는 동경"[14]에 깊은 감명을 표하고, 토니오 크뢰거가 리자베타에게 쓴 저 유명한 "더 나은 것을 만들어보겠다"[15]는 "약속"을 하면서, 자신이 문학적 "글목"(글쓰기의 전환점)을 돌고 있음을 고백하고 있다. 지금까지 남성 중심의 가부장적 사회에서 여성이 겪게 되는 아픔을 주된 테마로 삼아왔던 공지영의 작품들은 나름대로의 진실성과 페미니즘적 가치를 지니고 있겠으나, 이들을 잘 들여다보면, 대체로 '나의 고통'에 —불교적 술어로 말한다면 '아상'(我相)에

14 공지영: 맨발로 글목을 돌다, 문학사상, 2010년 12월호, 121쪽.
15 위의 책, 123쪽.

— 함몰되어 있다는 느낌을 주기도 한다. 이제 공지영의 문학이 파도타기에서처럼 토마스 만적 "언어의 위대함"[16]을 빌려 타고 자신의 "글목"을 돌아 진정한 "생명, 소통, 용서"[17]를 향해 나아갈 수 있을지는 앞으로 그녀의 작가적 궤적을 좀 더 두고 지켜봐야 알 수 있을 터이다.

이상은 한국의 현대 작가들이 그들의 작품 속에서 토마스 만을 수용했거나 중요하게 언급한 대목들을 살펴보았다. 그런데, 작가는 아니지만, 평론가 김병익이 2009년에 토마스 만에 대해 쓴 글[18]이 있는데, 이것이 또한 작가들의 토마스 만 수용 못지않게 주목을 요한다. 그것은 김병익이 비단 우리 시대의 주요 비평가이기 때문만이 아니라, 그가 이 글의 서두에서 고백하고 있다시피, 토마스 만이란 작가가 그에게 "상당히 친숙한 이름"임에도 불구하고 "실제로는 잘 모르는 작가"였던 상태에서, 토마스 만의 주요 작품들을 새로이 읽고 그가 받은 생생한 느낌들과 그가 그때 그때 노트해 둔 독서 메모들을 우리들에게 진솔하게 전달해 주고 있기 때문이다. 말하자면 이 글은 우리나라의 원로 비평가가 올림포스적 시점에서 작가 토마스 만의 작품들을 '비평하고' 있는 것이 아니라, 자신을 일개 독

16 위의 책, 121쪽.
17 위의 책, 118쪽.
18 김병익: 김병익의 책 읽기(4) - 토마스 만, 실린 곳: 「본질과 현상」, 17(2009), 205-240쪽.

자로서 한껏 낮추어 단순한 관찰자적 시점에서 토마스 만의 세 장편소설, 즉 『부덴브로크 가의 사람들』, 『마의 산』, 『파우스트 박사』, 그리고 「토니오 크뢰거」, 「베네치아에서의 죽음」 등 주요 단편들을 리뷰해 주고 있기 때문에, 앞으로 토마스 만 문학의 한국수용사에서 중요한 실례로서 기억되고, 또 앞으로의 한국 토마스 만 연구에도 중요한 단초들을 제공해 줄 것으로 전망된다.

이 글에서 김병익은 김원일, 황동규, 서정주, 이청준 등 한국의 시인 작가들을 자연스럽게 언급하기도 하며, 비록 단편적(斷片的)이고 산발적인 독서 메모의 형식이긴 하지만 토마스 만 문학의 특징들을 선명히 지적해 주고 있다. 그런 일례를 들어보기로 하자.

* 카스토르프가 소년시절 할아버지의 죽음을 받아들이며: "고인이 된 할아버지가 그토록 낯설게, 그러니까 엄밀히 말하면 할아버지로서가 아니라 죽음이 실제의 몸 대신에 끼워놓은 실물 크기의 밀랍 인형으로 생각된 것은 죽음이 지닌 이러한 속성과 관계가 있었다. … 어린 한스 카스토르프는 누렇고 매끄러우며 실물 크기로 죽음의 형상을 이루고 있는 치즈처럼 굳은 물질, 이전의 할아버지의 얼굴과 손을 바라보았다. 이때 파리 한 마리가 꼼짝도 않는 이마 위에 내려앉아 주둥이를 이리 저리 움직이기 시작했다." 마지막 구절의 이 리얼리티.[19]

19 위의 책, 214쪽.

평론가 김병익이 지적하는 이 생생한 리얼리티는 토마스 만 문학의 한국적 이해를 위한 하나의 중요한 단초가 될 수 있을 것이다. 그리하여 앞으로 한국의 많은 토마스 만 독자 및 연구가들이 그의 소설에서 더욱 더 많은, 다양한 리얼리티를 발견해 낼 수도 있을 터이다.

3. 한국에서의 토마스 만 연구

여기서 잠시 눈을 돌려 최근의 한국 독문학계를 살펴보자면, 「토마스 만과 이청준 소설에 나타난 예술가의 위상 비교 – 주인공의 내면체험을 중심으로」(원당희, 고려대학교, 1992)와 같은 비교연구도 나타나고, 토마스 만의 주요 작품들이 새로운 세대에 의해 새로운 언어감각으로 속속 번역되어 나오고 있는데, 특히 『부덴브로크 가의 사람들』(홍성광, 민음사, 2001), 『마의 산』(홍성광, 을유문화사, 2008; 윤순식, 열린책들, 2014), 『요셉과 그 형제들』(장지연, 살림출판사, 2001) 등이 그 좋은 예이다.

특히, 지난 2006년부터는 이영임, 이신구, 김륜옥, 김현진, 홍성광, 윤순식, 한상희, 김경희, 송민정 등 젊은 독문학도들에 의해 '한국토마스만독회'까지 창립되어 현재까지도 토마스 만 텍스트에 대한 학문적 공동 토의 및 연구 작업이 지속되고 있다. 『전설의 스토리텔러 토마스 만』(안삼환 외, 서울대 출판문화원, 2011)은 이 공동연구의 중간 결과물이며, 앞으로도 이 토마스 만 독회를 중심으로 토마스 만에 관한 학문적 연구가 많이 나올 것으로 전망된다.

이런 번역 및 연구 작업들을 통해 한국에서의 토마스 만 문학의 수용도 앞으로는 더욱 더 폭이 넓어지고 질적으로도 높은 수준에 도달하게 될 것으로 기대된다.

III. 토마스 만과 이청준

1. 독문학도 이청준

이상으로 한국에서의, 그리고 한국문학에서의 토마스 만 수용에 대해 대강 살펴보았지만, 실은 가장 중요한 한 사람을 빠뜨렸다. 아니, 실은 보다 자세히, 따로 한번 고찰해 보고자, 의도적으로 한 작가를 제쳐 두었었는데, 그가 바로 이청준(1938-2008)이다.

군복무를 마치고 1964년에 서울대 문리대 독문과에 복학한 이청준은 강두식 교수의 토마스 만 강독을 수강하게 된다.

아는 사람은 다 아는 사실이지만, 강두식 교수님은 풍채가 장대하고 음성도 우렁우렁해서 토마스 만의 「토니오 크뢰거」 중의 긴 독어 문장 하나를 예의 그 독특한 페이소스를 섞어 단숨에 죽 읽어 나가면, 그리고 그 독일어 문장을 유창한 우리말로 해석을 하고, 가끔 알아들을 듯 말 듯한 주석과 설명을 덧붙이면, 수강생들은 자신도 모르게 숨을 죽이면서 무엇인가 대단히 심원한 메시지를 자신의 영혼 속으로 빨아들이는 듯한 깊은 감동을 받곤 하였다.

"이것이 바로 토마스 만의 이로니(Ironie)라는 것인데, 이것을 뭐라고 번역해야 할지, 요컨대 그의 초기 문학의 요체(要諦)라 해야 할 것으로서…."

수강생들은 그 '요체'의 실체를 아직 확실히는 파악하지 못했으면서도, 무엇인지 매우 중차대한 과제 하나를 받아서 자기 가슴에 소중히 품어 안는 느낌이었으며, 독문학을 공부하여 앞으로 작가가 되는 것이, 그것도 인기 있는 작품을 써서 명성과 부를 누리는 그런 시답잖은 작가가 아니라, 토마스 만과 같이 이 세상의 운행의 법칙과 그것에 순응, 또는 저항하는 여러 인간 유형들을 정치(精緻)하게 형상화해 내는 드높은 수준의 '시인'(독일에서는 나름대로 일가를 이룬 대작가는 '작가'가 아닌 '시인'으로 호칭한다)이 되어 한국 소설문학의 발전에 기여하는 것이 선생님의 가르침을 올바르게 실천하는 길이라는 메시지만은 분명히 알아들을 수 있었다. 평소 강 교수님은 독문학을 공부하는 사람도 "궁극적으로는 우리 문학과 우리 문화의 발전에 기여해야 할 사명을 띠고 있다"[20]는 점을 늘 강조해 마지 않으셨던 것이다.

이 강의를 통해 이청준은 토마스 만의 영향을 가장 직접적으로, 가장 강렬하게 받은 한국 작가가 되었고, 사실 그는 강 교수님의 메

20 강두식: 책머리에, 실린 곳: 강두식 외: 독일문학작품의 해석2. 소설편, 민음사, 1987.

시지를 가장 절절히 받아들여 그 가르침을 끝까지 성실하게 실천한, 강 교수님께서 생전에 가장 아끼시던 수제자였다.

이청준은 늘 강의실 뒤의 구석 자리에 숨은 듯이 앉아 있다가 휴식시간이면 홀로 창가에 서서 곤혹스러운 듯한 표정으로 멀리 낙산을 바라보며 줄담배를 피워대곤 했다. 추측건대, 그의 그 곤혹스러워 하던 씁쓸한 표정은 아마도 모순으로 점철된 그의 현실상황에서 유래하지 않았을까 싶다. 고향의 "노인"(이청준의 경우, 노모)[21]은 아들이 각박한 도시생활을 무사히 견뎌내고 금의환향해 줄 것을 바라고 있다. 한편 그 자신은 오늘 당장 하숙집에서 쫓겨나야 할 처지인데도, 토마스 만의 강의는 고답적이기 그지없고, 한국사회는 군사 독재에 짓눌려 신음하고 있으며, 강의실의 철없는 후배들은 독한(獨韓) 사전을 뒤적이거나 서로 재잘거리며 휴식시간을 보내고 있다. 이때 그가 본 것은 아마도 토니오 크뢰거가 보았던 저 "희극과 참상 — 희극과 참상"(Komik und Elend - Komik und Elend)[22]이 아니었을까 싶다.

원래 어눌한 말투에다 늘 과묵하고, 남의 흠을 지적하기보다는 먼저 자신의 허물을 고백하곤 하던 이청준은 나중에 유명 작가가 되고나서도 혹시 학부에서 독문학을 공부했다는 사실이 화제에 오

21 예컨대, 이청준전집13, 문학과지성사, 2012, 135쪽(눈길); 이청준전집12, 문학과지성사, 2013, 356쪽(학) 참조.

22 Th. Mann: Gesammelte Werke, Bd. 8, S. 290 (Tonio Kröger).

르면, 그것을 반기기는커녕 차라리 회피하고 싶은 듯 늘 예의 그 곤혹스러운 표정이 되곤 하였다(한편, 독문학을 전공하지 않았고 강두식 교수의 열강으로부터도 자유로운 김원일은 토마스 만에 대해서 말할 때에는 보다 많은 자신감과 여유를 보이곤 한다).

2. 토마스 만과 이청준

김광규 교수의 위의 설문에 대한 이청준의 답을 살펴보자면, 토마스 만의 작품 중 그가 읽은 작품은 『선택된 인간』, 「토니오 크뢰거」, 『부덴브로크 가의 사람들』 등이며, 특히 "『선택된 인간』은 문학이나 소설이 그냥 이야기가 아니라 치열한 인간의식의 구조물이라는 것을 깨닫게 했"다고 고백하고 있다. 만으로부터 받은 영향에 대해서는, "철학적 진지성과 음악적 특성을 지닌 작품구성방식", 그리고 "이원적 세계관의 대립 양상과 액자 양식의 이야기 전개 방식" 등을 들고 있으며, 만의 영향을 찾아볼 수 있는 자신의 작품으로는, 「병신과 머저리」(특히 형과 아우의 경우), 「매잡이」, 『남도사람』 연작 등을 들고 있다.

이청준의 작품 속에서 직접적이고 증빙 가능한 토마스 만의 영향을 바로 찾아보고자 하는 시도는 대개 성공하기 어렵다. 그럼에도 불구하고 토마스 만의 소설들을 아는 이청준의 독자들은 어느 장면, 어느 순간에 불현듯 토마스 만의 어떤 작품의 어느 대목을 연상하게 되는 일이 잦다. 또한, 토마스 만의 독자로서의 평론가 김병익이 「마리오와 마술사」의 "치폴라가 무대에서 관중을 휘어잡으며 농락하는 모습에서 나는 이청준의 중편 「예언자」의 마담이 연상되었다. 그리고 분명한 근거 없이 이청준이 이 소설에서 그 마담을 형상화할 계기를 얻었을 것이 틀림없다는 생각이 들었다"[23]라고 고백하고 있는데, 토마스 만의 「마리오와 마술사」를 주의 깊게 읽은 독자는 김병익의 이 발견에 함께 공감하지 않을 수 없다. 「예언자」에서의 홍 마담이 "짤막한 가죽 회초리"를 "들고 다니면서, 마치도 곰을 다루는 여자 조련사처럼 우 씨 앞에 군림"[24]한다거나, "회초리질을 당할 때마다 그[우 씨]는 거의 반사적인 몸짓으로 홀 안의 술손들 쪽을 위협적으로 휘둘러보곤 할 뿐이었다"[25]라는 묘사는 토마스 만의 「마리오와 마술사」에서의 마술사 치폴라와 그의 최면에 노예적 굴종을 보이는 관중들의 관계를 직접적으로 연상시키고 있다. 홍 마담은 "끔찍하고 잔학스런 유희"를 하고, "참으로 완벽하고도 압도적인 지배력의 시위"[26]를 보여주고 있다는 점에서 영락없는 치폴라의 자매이며, 또한 작품 「예언자」도 권력의 최면술과 피지배자들의 의식 없는 영합과 굴종을 다루고 있다는 점에서 분명 「마리오와 마술사」와 비슷한 계열의 상징적 작품이다.

이런 점에서 볼 때에 이청준의 작품에서 토마스 만의 직접적인

23 김병익: 김병익의 책 읽기(4) - 토마스 만, 실린 곳: 「본질과 현상」, 17(2009), 234쪽.
24 이청준전집13, 문학과지성사, 2012, 56쪽(예언자).
25 위의 책, 57쪽.
26 위의 책, 60쪽.

영향을 찾은 김병익의 발견은 놀랍고도 신선하다. 왜냐하면, 이청준의 작품에서 토마스 만 문학의 이런 직접적인 영향을 바로 찾아낸다는 것은 정말 어렵고 드문 일이기 때문이다.

이청준은 누구를 단순 모방하기에는 너무나 진지하고 또 치밀한 작가이다. 그가 토마스 만한테서 배운 것은 주로 작품을 대하는 작가의 진지성이고, 작품 구성 방식의 치밀성 및 정교성이었으며, 이를테면 그의 장편 『소문의 벽』에서 볼 수 있는 "액자 양식의 이야기 전개 방식", 즉 '소설 속의 소설'을 통한 다면적 시각(視角) 확보 방법 등이다.

하지만 굳이 주제 면에서 토마스 만의 영향을 더 찾아보자면, 토마스 만의 초기 문학에서 보이는 예술성과 시민성의 갈등의 문제가 이청준에게는 가장 가깝고 절실한 주제였던 것으로 보인다. "생활하는 자는 창작할 수 없다"[27]는 토니오 크뢰거의 인식은 진작부터 이청준의 근본 인식이기도 했다.

토마스 만과 이청준의 유사성을 살피는 일이 쉽지 않지만, 그래도 한 가지 구체적인 예를 들어 살펴보기로 하겠다. 토마스 만은 「토니오 크뢰거」에서 토니오 크뢰거의 입을 통해 다음과 같이 말하고 있다.

27 Th. Mann: Gesammelte Werke, Bd. 8, S. 292 (Tonio Kröger).

"사실 나는, 리자베타, 내 영혼 깊숙한 곳에서 예술가란 유형에 대하여 ―정신적인 의미에서의 비유이긴 합니다만― 수상쩍은 '혐의'를 품고 있답니다. 저 북쪽 협소한 도시에 사셨던 명예로운 내 조상들이라면 누구나 자기 집에 온 그 어떤 요술사나 아슬아슬한 모험을 일삼는 곡예사들에게 품었을 바로 그런 '혐의' 말입니다."[28]

토니오 크뢰거에 의하면, 예술가라는 것은 '요술사'나 '곡예사'처럼 '수상쩍은 혐의'를 품게 만드는 인간이라는 것이다. 유명 작가가 된 토니오 크뢰거가 북구 여행길에 자신의 고향 도시에 들러 지금은 공공도서관으로 변한, 자신이 살던 옛집을 둘러보고 이 거리 저 거리를 혼자 어슬렁거리다가 자신의 여행을 계속하기 위해 막 호텔을 떠나려 하는 참에, 경찰관이 그를 사기 혐의로 수배 중인 어떤 범죄자로 지목하고 체포하려 드는 일이 생긴다.

그는 자신이 불특정 분야의 사기꾼이 아니고, 녹색 마차를 타고 다니는 집시 태생이 아니라, 크뢰거 가문의 후예, 영사 크뢰거의 아들이라는 것을 제하제 씨[호텔 주인]에게 털어놓음으로써 이 일을 종결지어야 할까? 아니다. 그는 그럴 기분이 아니었다. 그런데 시민적 질서의 편인 이 사람들이 근본적으로 볼 때 약간은 옳지 않은가! 그는 그 사람들의

28 Ebda., S. 298.

행동이 어느 정도까지는 맞다고 생각했다.[29]

여기서 토니오 크뢰거의 이 '체험화법'(작중 인물의 '내적 독백'과 서술자의 '서술'이 함께 이루어지는, 독일 서사문학 상에 자주 등장하는 화법으로서, 직접화법과 간접화법의 중간 형태라 할 수 있음)을 유심히 관찰하자면, 그는 자신이 이 도시에서 아닌 게 아니라 그런 '범죄자로 오인될 소지가 없지 않음'을 자인하고 있는 것이다.

앞서, 리자베타와의 대화에서도 토니오 크뢰거는 소설을 쓰는 은행가 이야기를 하면서, 이 은행가가 소설을 쓰게 된 것은 그가 은행가로서 소설을 쓸 만한 체험을 쌓았기 때문이 아니라, 원래 그에게 범죄자나 사기꾼 기질이 다분히 있었기 때문에 그렇게 소설을 쓸 수 있게 된 것인지도 모른다는 추측[30]까지 한다. 뿐만 아니라, 토마스 만은 「형제 히틀러」(Bruder Hitler, 1939)라는 에세이에서, 히틀러의 모든 범죄적 속성들이 자신을 포함한 예술가의 특징들과 많은 유사성을 보이고 있다고 쓰고 있다. 이것은 물론 독재자 히틀러를 허영심에 가득 찬, 저열한 예술가 기질의 인간으로 폄하하기 위해 수사학적으로 동원한 비유이긴 하지만, 여기서도 예술가가 사기꾼이나 범죄자와 유사한 기질의 소유자라는 토마스 만의 평소 생각을 읽을 수 있음은 물론이다.

29 Ebda., S. 317.
30 Vgl. ebda., S. 299.

이러한 토마스 만의 생각이 이청준에게 어떻게 수용되었는지를 보려면, 그의 '소매치기' 연작, 즉 「소매치기올시다 — 소매치기, 글쟁이, 다시 소매치기1」(1969), 「목포행 — 소매치기, 글쟁이, 다시 소매치기2」(1971), 「문단속 좀 해주세요 — 소매치기, 글쟁이, 다시 소매치기3」(1971)을 읽어보는 것이 첩경이다. "세상 만인으로부터 일단 그 존재의 근거가 부인"된 처지에서 "사람들과의 긴장감 넘치는 대결을 통해 사실상의 존재로서 그것을 지키고 유지해 나가는 데에 이 소매치기 직업의 참맛과 의의가 있"[31]고, 소매치기는 "날치기나 들치기들과는 질이나 격이 전혀 다르"[32]며, "소매치기에도 본분과 도리가 있다"[33]는 이청준의 텍스트들은 토니오 크뢰거가 예술가를 '요술사', '곡예사', 또는 '범죄자'와 유사하다는 '정신적 비유'를 드는 것과 맥을 같이하고 있다. 이 연작들에서 이청준의 '소매치기'가 실은 '글쟁이 이청준'의 희화적 자화상이라는 것은 어렵잖게 짐작할 수 있다. 물론, 우리는 이청준 텍스트의 이런 언설을 액면 그대로 받아들여서는 안 된다. 이것은 마치 백남준이 "예술은 사기다"라고 말할 때에 그 말의 심층에 숨어 있는 예술에 대한 예술가 자신의 치열한 진지성을 간과할 수 없는 것과 마찬가지다.

토마스 만적 예술성과 시민성의 갈등 문제는 원래 우리 한국사회

31 이청준전집3, 문학과지성사, 2012, 57쪽(소매치기올시다).
32 위의 책, 55쪽.
33 위의 책, 57쪽.

에서도 낭만적 예인(藝人)과 현실적 생활인 사이의 갈등 등 비슷한 양태로 전승되어 오던 주제이기도 하다. 다만, 이청준의 경우, 이 갈등은 남녘과 북녘의 특성이 토마스 만의 남독과 북독의 경우와는 달리, 거꾸로 나타나는데, 고향인 남도에서의 순박한 삶과 서울에서의 영악한 도회살이, 돈을 벌지 못하는 떠돌이와 현실생활의 민첩한 역군 사이의 갈등 등 여러 양태로 나타난다. 설령 토마스 만의 양극성과 그 갈등에 자극을 받았다 하더라도, 이청준은 예컨대 「서편제」에서 볼 수 있는 바와 같이 판소리 등 전래의 한국적 주제를 새로운 각도로 조명해 보고 오랜 암중모색을 거치면서 한국적 예술가의 문제로 보다 숙성시켜 인간 일반의 보편적 문제로 승화시켰다 하겠다. 그렇기 때문에 토마스 만적 예술가와 이청준의 예술가 인물들과의 직접적 유사성은 거의 찾아보기 어렵게 된다. 그러나 만약 이청준이 토마스 만의 예술성과 시민성에 대한 문제의식을 미리 내면화해 놓지 않았더라면, 예컨대 「서편제」에서 볼 수 있는 바와 같은, 청강수를 둘러싼 소리꾼 부녀의 기구한 운명이나 소리꾼 남매의 기막힌 하룻밤 상봉 같은 처절하게 아름다운 장면들이 그렇게도 한국적인 형상화를 얻기 어려웠을지도 모른다. 아마도 이청준은 토마스 만적 주제를 리얼리티를 지닌 한국적 주제로 문화번역을 했을 것 같다. 요컨대, 『남도사람』 연작에 나오는 '소리꾼'과 '시(詩)장이'는 한국적 문화번역을 거친 토마스 만적 '예술가'로 보면, 크게

틀리지 않을 것이다.[34]

토마스 만이 이청준에게 도움이 된 점은 무엇보다도 소설이 단순히 재미있는 이야기가 아니라 '철학적 세계해석'을 담고 있는 장르라는 점을 인식시켜 준 데에 있고, 또, 소설가가 단순한 '이야기장이'가 아니라 삶의 희생을 대가로 '고통과 영광'을 늘 함께 가슴에 끌어안고 살아가야 하는 '예술가'라는 점을 극명하게 보여준 데에 있지 않을까 싶다. 일반적으로 이청준의 소설을 어렵다고 말하고 있는 것, 그의 소설이 『당신들의 천국』, 『소문의 벽』에서처럼 늘 심오한 상징성을 내포하고 있다는 점, 그리고 그의 소설 중 많은 작품들이 동시에 '예술가소설'로도 읽혀질 수 있는 사실도 바로 이 때문이 아닌가 한다.

IV. 토마스 만, 이청준 그리고 우리

1. 하노 부덴브로크와 한국의 작가 이청준

제 생각으로는 … 제 생각으로는 … 그 다음에는 더 이상 아무것도 더 기록할 사항이 없을 듯해서요….”[35]

34 안삼환: '빗새'로 유랑하기/'나무'로 서 있기, 255쪽 참조, 실린 곳: 권오룡 엮음: 이청준 깊이읽기, 문학과지성사, 1999, 246-255쪽.

35 Th. Mann: Gesammelte Werke, Bd. 1, S. 523 (Buddenbrooks).

이것은, 하노가 가문(家門) 일지의 맨 아래에 자를 갖다 대고 두 개의 단호한 빨강색 선을 그어놓은 것을 발견한 아버지 토마스 부덴브로크가 크게 화를 내면서 아들에게 왜 이런 짓을 했느냐고 다그치자 하노가 대답한 말이다.

여기서 이 대목을 새삼 떠올려 보는 이유는 가문과 향리의 숙원대로 실생활과 직결되는 법학이나 경영학 따위의 전공을 선택하지 않고 천만 뜻밖에도 독문학을 공부하겠다고 했을 때, 이청준의 노모와 고향의 친척들이 아마도 이 토마스 부덴브로크와 비슷한 절망감을 느꼈을 듯해서이다.

이청준의 소설들에서 주인공들이 '병약한' 소년 하노 부덴브로크의 모습을 띠는 경우는 드물지만, '현실적 생활력을 저버린' '불효자'의 모습을 띠고 나타난다는 점에서는 하노와 비슷한 점이 없지 않다.

— 어머니, 저는 노래를 짓는 사람이 되어보렵니다….

…

— 그러니 어머니, 이제 저는 돈을 벌어 돌아갈 수 없습니다. 그런 아들은 기다리지 마십시오.[36]

고향에 '노인'을 둔 이 인물들은 거의 예외 없이 도시에서 가난과

36 이청준 문학전집, 중단편소설 5, 눈길, 열림원, 2000, 100쪽 (해변 아리랑).

싸워야 하고, 고향을 향해서는 아무 대안도 없이 우선 '노인'을 점차적으로, 조금씩 실망시켜 드려야 하는 이중의 고된 싸움을 치르고 있다. 그래서 그들은 밤늦게야 고향집에 도착했다가 새벽녘에 벌써 그 고향집을 떠나야 하는 것이다.[37]

80년대 중반 소설가 이청준이 한양대 국문과 교수로 초빙되었다는 소식이 있었는데, 그 후 얼마 안 있어 또 그만두었다는 소문이 돌았다. 그의 모교인 서울대 독문과에 재직하던 어느 후배 교수가 우연히 이청준을 만난 자리에서, 왜 그렇게 금방 교수직을 그만 두게 되었는지 조심스럽게 물어보았는데, 그 대답이 이러하였다 한다.

"그 말이지요, 교수란 직업을 갖고는 도저히 글을 쓸 수가 없겠대요. 월급날이 어찌나 빨리 다가오는지 손을 놓고 가만히 있어도 그럭저럭 살아가겠더라구요. 사람이 게을러져서, 원!" 혼잣말 비슷했던 이 대답은—이청준이 말하고자 했던 자신의 결의, 즉 직장을 가진 사람이 여가에 글을 쓴다는 것이 쉽지 않음을 통감하고 오직 자신의 온전한 시간 전체를 걸고 작가로서 정면 승부의 길을 가겠다는 의미도 물론 감동적이었지만— 이와는 다른 의미에서도 그 교수를 몹시 부끄럽게 만들었다고 한다. 아무튼, 그 이래로 그 교수는 늘 이청준의 이 말을 곱씹으면서 매월 받게 되는 월급의 대가만은 꼭 치르는 교수로서 살고자 안간힘을 쓰게 되었다는 것이다. 그때

37 예컨대, 「살아 있는 늪」에서의 '나'는 "어둠을 타고 집을 들어섰고 어둠 속으로 집을 나섰다"라고 고백하고 있다.—이청준: 남도사람, 문학과비평사, 1988, 212쪽 참조.

부터 그에게 이청준은—자주 만날 수도 없었지만 이 나라 어느 곳에 이청준이 살고 있다는 사실 그 자체만으로도— 그 자신이 다소 나태해지려 할 때마다 늘 자신의 가슴에 시퍼런 비수라도 들이댈 것 같은 그런 무서운 사표로 작용했다고 한다.

> 그는 생활하기 위해 창작하는 사람처럼 창작하지 않고 창작 이외에는 아무것도 원하지 않는 사람처럼 창작했다…. 그는 정말 완전한 창조자는 죽어서밖에 될 수 없다는 사실을 알지 못하는 … 소인배들을 아주 경멸하면서, 말없이, 사람들과 동떨어져서, 남의 눈에 띄지 않게 창작했다.[38]

"정말 완전한 창조자는 죽어서 밖에 될 수 없다"는 토니오 크뢰거의 —아니, 토마스 만의— 이 말을 가장 성실하고도 치열하게 실천해 나간 한국 작가가 바로 이청준이라고 필자는 생각한다. 토마스 만보다 더 열악한 환경에서 더 가열한 삶과 부딪히지 않을 수 없었던 한국작가 이청준—"이 땅에 뜨거운 해가 뜨고 지는 한,"[39] 그가 살다간 신산한 삶과 거기서 태어난 그의 근본적이고도 철저한, "값지게 세공된"[40] 작품들은 한국문학사에 길이 남을 것이며, 이청준

38 Th. Mann: Gesammelte Werke, Bd. 8, S. 291f. (Tonio Kröger).
39 이청준 문학전집, 중단편소설 5, 눈길, 열림원, 2000, 117쪽 (해변 아리랑).
40 Vgl. Th. Mann: Gesammelte Werke, Bd. 8, S. 291 (Tonio Kröger): "es war ein wertvoll gearbeitetes Ding, was er geliefert hatte (그가 세상에 내어놓은 작품은 값지게 세공을 한 것이었다)".

은 이 땅에서 정직하고 성실하게 살다간 한 인간으로서도 길이 존숭 받아 마땅할 것이다.

2. 이청준과 우리

이제 이청준은 진목리 갯나들 묘역에 묻혀 있고, 우리(여기서 오늘날 이 땅에 살고 있는 모든 '빗새들'[41] —가난한 시민, 성실한 예술가, 불우한 인문학자들— 을 '우리'로 칭하고자 한다!)는 오늘도 부당하고도 바쁜 일상에 매인 채 힘겹게 살아가고 있다. 가난에 대한 "원망이나 복수 대신 자신과 이웃을 용서하여 스스로를 해방해나간"[42] 독행자 이청준, "한마디 말에 자신의 삶을 바쳐"[43] 살아간 작가, "복수를 택하지 않고 수없이 다시 태어나는 고통과 변신을 감내하면서 자기 믿음을 지킨"[44] 이청준을 생각하면, 현재 우리의 삶은 보잘것없고 비루하다. 하지만 어찌하랴, 사람마다 다 자기 갈 길이 따로 있는 것을! 우리의 "삶판이 아무리 비좁고 무력하여 이룸이 적다 하더라도"[45] 우리는 어차피 이 길을 걸어올 수밖에 없었을 것이며, 다시 태어난다 하더라도 또 이 꼴이 되고 말 것이다. "왜냐하면, 어떤 사람들한테는 올바른 길이 애초부터 존재하지 않아서 그들은 필연적으로 길을 잘

41 이청준: 남도사람, 문학과비평사, 1988, 109쪽(새와 나무) 참조; 이청준전집 12, 문학과지성사, 2013, 351쪽(빗새 이야기)도 참조.

42 이청준: 키작은 자유인, 문학과지성사, 1990, 144쪽.

43 이청준: 남도사람, 문학과비평사, 1988, 174쪽(다시 태어나는 말).

44 위의 책, 175쪽.

45 이청준: 키 작은 자유인, 문학과지성사, 1990, 145쪽.

못 들기 마련이기 때문이다"[46]라고 토니오 크뢰거도 말하고 있지 않던가! 이청준의 한 인물도 다음과 같이 말하고 있다.

> 사람들 중엔 때로 자기 한 덩어리를 지니고 그것을 소중스럽게 아끼면서 그 한 덩어리를 조금씩 갈아마시면서 살아가는 위인들이 있는 듯 싶데그랴.[47]

이청준의 소설은—오생근 교수의 지적대로—모순에 가득 찬 우리 사회의 "일상적 현실과 상투적인 관계를 맺지 않으려는 고행"[48]이다. 우리의 길도, 그것이 거짓, 부정, 부패, 아집, 천민자본주의로 물든 오늘날의 분단 한국 사회를 살아가며 고뇌하는 시민, 진실을 좇는 예술가, 더 인간다운 사회를 꿈꾸는 인문학자의 길이라면, 이청준이 탐구한, 이러한 한(恨)의 도정과 그리 크게 다르지 않을 것이다. 오늘날 이 사회에서 이청준을 되새기는 것 자체가 이미 우리의 한이 남달리 깊은 탓이겠고, 이런 한을 "소중스럽게 아끼면서 … 조금씩 갈아마시면서 살아"간다는 것은 필시 우리의 남다른 분투(奮鬪)의 한 형태이겠기 때문이다.

'분투'란 말이 나왔으니 하는 말인데, 진정 인간다운 사회를 꿈꾸

46 Th. Mann: Gesammelte Werke, Bd. 8, S. 332 (Tonio Kröger).
47 이청준전집13, 문학과지성사, 2012, 231쪽(소리의 빛-남도사람 2).
48 오생근: 갇혀 있는 자의 시선-이청준의 작품세계, 145쪽, 실린 곳: 권오룡 엮음: 이청준 깊이읽기, 문학과지성사, 1999, 122-145쪽.

는 사람이라면, 오늘날 분단 한국의 이 사회에서 누군들 분투하지 않고 살 수 있겠는가! 대부분의 시민들이, 그리고 많은 예술가들, 진리에 눈뜬 인문학자들까지도, 돈과 권력, 이익과 성취의 교묘한 그물망에 걸려 거미줄에 걸린 곤충들처럼 시달리고 있는 이런 사회 구조, 이런 정글자본주의적 체제하에서는—마치 이청준의 「매잡이」에 나오는, "시류를 좇아서"[49] 살지 못하는 주인공 곽서방과도 같이— 패배할 수밖에 없는 가치를 수호하고 관철하려다가 우리는 필경 실패의 아픈 상처를 안고 살아가기 마련이다.

그럼에도 불구하고, 바로 이 아픈 상처가 어느 날, 어느 순간(그것이 10년, 아니, 100년 후에 올 수도 있다!)에 뜻밖에도, 어느 불특정 개인한테 문득 '인간적인 무늬'로 다시 찬연히 현현하고, 뜻밖의 인문적 성취로 환히 빛날 수 있고, 그 아름다운 빛이 많은 사람들에게 큰 위안과 희망을 줄 수 있음을 우리는 믿고 있다, 아니, 애써 믿고 싶다.

우리가 오늘날 괴테와 토마스 만, 그리고 이청준을 읽으면서, 감히 이 생각 저 생각을 서로 연결시켜 보는 진정한 이유일 것이다.

49 이청준전집2, 문학과지성사, 2010, 234쪽(매잡이).

• 참고문헌

괴테

Goethe, Johann Wolfgang von: Werke. Hamburger Ausgabe, hrsg. v. Erich Trunz, 10., neubearbeitete Aufl., München 1981.

Ahn, Sam–Huan: Goethe und Korea, in: *Goethe–Jahrbuch*, hrsg. v. der Goethe–Gesellschaft in Japan, 49 (2007), S. 23–37.

Bahr, Ehrhard (Hrsg.): *Erläuterungen und Dokumente. Johann Wolfgang von Goethe. Wilhelm Meisters Lehrjahre*, Stuttgart 1982.

Bahr, Ehrhard: Wilhelm Meisters Wanderjahre oder die Entsagenden, Entstehungsgeschichte und Textlage, in: *Goethe–Handbuch*, Bd. 3: *Prosaschriften*, hrsg. v. Bernd Witte u. a., Stuttgart/Weimar 1997, S. 186–231.

Bahr, Ehrhard: Wilhelm Meisters Wanderjahre oder die Entsagenden (1821/1829), in: *Goethes Erzählwerk. Interpretationen*, hrsg. v. Paul Michael Lützler u. James E. McLeod, Stuttgart 1985.

Beller, Walter: *Goethes "Wilhelm Meister"–Romane: Bildung für eine Moderne*, Hannover 1995.

Biedermann, Flodoard von (Hrsg.): *Goethes Gespräche*, Leipzig 1910.

Hall, Basil: *Account of A Voyage of Discovery to the West Coast of Corea and the Great Loo–Choo Island* with an Appendix, Royal Navy, London: John Murray, Albermarle–Street, 1818.

Herwig, Henriette: *Das ewig Männliche zieht uns hinab: »Wilhelm Meisters Wanderjahre«. Geschlechterdifferenz, Sozialer Wandel, Historische*

Anthropologie, Tübingen und Basel 1997.
Keudell, Elise von: *Goethe als Benutzer der Weimarer Bibliothek. Ein Verzeichnis der von ihm entliehenen Werke*, Weimar 1931.
Konrady, Karl Otto: *Goethe. Leben und Werk*, 2. Bd.: *Summe des Lebens*, Frankfurt am Main 1988.
Kreutzer, Leo: *Literatur und Entwicklung. Studien zu eier Literatur der Ungleichzeitigkeit*, Frankfurt am Main 1989.
Marz, Ehrhard: Nachwort, in: Johann Wolfgang Goethe: *Wilhelm Meisters Wanderjahre oder Die Entsagenden, Urfassung von 1821*, Bonn 1986.

괴테: 젊은 베르터의 고뇌, 임홍배 역, 창비, 2012.
괴테: 빌헬름 마이스터의 수업시대1+2, 안삼환 역, 민음사, 1996.
괴테: 빌헬름 마이스터의 편력시대1+2, 김숙희 외 역, 민음사, 1999.
괴테: 파우스트, 정서웅 역, 민음사, 1997.
괴테: 파우스트. 한 편의 비극1+2, 김수용 역, 책세상, 2006.
괴테: 문학론, 안삼환 역, 민음사, 2010.

김수용: 괴테. 파우스트. 휴머니즘. 신이 떠난 자리에 인간이 서다, 책세상, 2004.
안삼환 엮음: 괴테, 그리고 그의 영원한 여성들, 서울대학교출판부, 2005.

토마스 만

Mann, Thomas: Gesammelte Werke in dreizehn Bänden, Frankfurt am Main 1975.

Deussen, Paul: *Erinnerungen an Friedrich Nietzsche*, Leipzig 1901.
Koopmann, Helmut (Hrsg.): *Thomas-Mann-Handbuch*, Stuttgart 1990.
Matthes, Sonja: *Friedrich Mann oder Christian Buddenbrook. Eine Annäherung*, Würzburg 1997.

Park, Huan-Dok/Kim, Young-Ok: Übernahme, Anverwandlung, Umgestaltung. Thomas Mann in der koreanischen Literatur, in: *Zeitschrift für Germanistik*, Neue Folge VII-1/1997, S. 9-24.

Schröter, Klaus: Vom Roman der Seele zum Staatsroman. Zu Thomas Manns "Joseph-Tetralogie", in: Heinz Ludwig Arnold (Hrsg.): *Thomas Mann. Sonderband aus der Reihe Text+Kritik*, Zweite, erweiterte Aufl., München 1982, S. 94-111.

Schröter, Klaus (Hrsg.): *Thomas Mann im Urteil seiner Zeit. Dokumente 1891-1955*, Hamburg 1969.

토마스 만: 부덴브로크 가의 사람들1+2, 홍성광 역, 민음사, 2001.

토마스 만: 토니오 크뢰거/베니스에서의 죽음/마리오와 마술사 외, 안삼환/임홍배/한성자/박동자 역, 민음사, 1998.

토마스 만: 마의 산1+2, 홍성광 역, 을유문화사, 2008.

토마스 만: 마의 산, 상+하, 윤순식 역, 열린책들, 2014.

토마스 만: 요셉과 그 형제들, 장지연 역, 살림출판사, 2001.

토마스 만: 선택된 인간, 박종서 역, 정음사 세계문학전집 38, 1980(중판).

강두식 외: 독일문학작품의 해석2. 소설편, 민음사, 1987.

김광규: 「한국 현대문학에 스며있는 독일문학의 간접적 영향에 관한 설문」, 1997년 4월 1일(김광규 교수 개인 소장).

김병익: 김병익의 책 읽기(4) - 토마스 만, 실린 곳: 「본질과 현상」, 17(2009), 205-240쪽.

안삼환 외: 전설의 스토리텔러 토마스 만, 서울대학교출판문화원, 2011.

원당희: 토마스 만과 이청준 소설에 나타난 예술가의 위상 비교. 주인공의 내면체험을 중심으로, 고려대학교, 1992.

윤순식: 토마스 만의『부덴브로크 가의 사람들』과 염상섭의『삼대』, 실린 곳: 안삼환

외: 전설의 스토리텔러 토마스 만, 서울대학교출판문화원, 2011, 365–385쪽.
최재서: 토마스·만 「붓덴부로–크일가」, 실린 곳: 「인문평론」, 5(1940.2.), 112–124쪽.

공지영: 맨발로 글목을 돌다, 문학사상, 2010년 12월호.
김원우: 짐승의 시간, 민음사, 1986.
김원일: 늘푸른 소나무, 문학과지성사, 1990.
김원일: 아들의 아버지, 문학과지성사, 2013.
정찬: 베니스에서 죽다, 문학과지성사, 2003.

이청준

이청준전집, 문학과지성사, 2010~14.
이청준 문학전집, 중단편소설 5, 눈길, 열림원, 2000.
이청준: 남도사람, 문학과비평사, 1988.
이청준: 키작은 자유인, 문학과지성사, 1990.

권오룡 엮음: 이청준 깊이읽기, 문학과지성사, 1999.
안삼환: '빗새'로 유랑하기/'나무'로 서 있기, 실린 곳: 권오룡 엮음: 이청준 깊이읽기, 문학과지성사, 1999, 246–255쪽.
오생근: 갇혀있는 자의 시선. – 이청준의 작품세계, 실린 곳: 권오룡 엮음: 이청준 깊이읽기, 문학과지성사, 1999, 122–145쪽.

_찾아보기

석학人文강좌 55